THE CRIMINAL

犯罪者

ジム・トンプスン
黒原敏行 訳

文遊社

犯罪者

そら金をとれ、人の魂には毒より悪い毒だ、
この厭うべき世の中では、より多くの人を殺す、
おまえが売るのをためらうこのあわれな毒よりもな。
おれがおまえに毒を売るのだ、逆ではない。

シェイクスピア『ロミオとジュリエット』第五幕第一場

1　アレン・タルバート

その日はいろいろ良いことがあったから、いずれ悪くなるのはわかっていた。最近新聞を読んだことのある人間ならその感じがわかるだろう。おれの場合はいつもそうだ。そんな気がする。そうでなかったためしがない。朝目を覚ますと充分に休息がとれていて、めずらしく朝飯を食う暇もあり、街に出るための八時五分の列車ですわることもできる。そのあともずっとそんな調子で、トラブルもなく、すべてが順調に進む。腎臓も痛まない。目の上のひどい頭痛も起こらない。ところが家に帰ると、床につくまでのどこかの時点で、何か悪いことが起きて、すべてが台無しになる。いつもそうだ。いつもじゃなくても、いつもというふうに思える。ケントン・ヒルズ下水処理地区から督促状が来ていたり、庭に少しだけ残っていた芝生を全部ホリネズミが食ってしまっていたり、マーサが眼鏡を壊したり。とにかく何か起きるのだ。

たとえば、おとといの夜もそうだった。あの日は一日中良いことがつづいた。こんなことがありうるのかというくらいだった。ところが晩飯のあと、新聞を読もうと椅子にすわったとき――ビンゴ！――おれはまたぱっと腰をあげた。椅子にマーサの眼鏡がのっていたのだ。というか、眼鏡の残骸が。レンズがふたつとも割れていた。

「ああっ、もう」マーサがばたばた走ってきて残骸をつまみあげた。「なんでこうなるのよう」

「なんでこうなる?」とおれは言った。「なんでこうなるだと? ひとの椅子に眼鏡を置きっぱなしにして、なんで壊れるのなんて訊くのか」

「肘掛けに置いといたはずなのよ。あなたがうっかり落として、その上に腰をおろしたんだわ。ああ、でもいい。そろそろ買い換える時期だったから」

おれはなんでもないというふうに冷静にマーサを見ていたが、ふいに頭のなかで何かがはじけた。おれはマーサを痛めつけたくなった。誰でもいいのだが、とりあえず手近にいるマーサを。

「買い換える時期だった? 何寝ぼけたこと言ってやがる。十五ドルがパーになったのにおまえは平気なんだな。えっ? おまえがそんな頓痴気《とんちき》でなかったら、ボブをしっかり監督して好き勝手させないようにしてたら、あいつは――」

マーサの顔が青くなり、それから赤くなった。「じゃ、あなたはどうなのよ。あなたそれでも父親なの。あんな――あんな――」マーサは手を口にあて、出かかった言葉を押し戻した。「や、やめて」とささやき声で言った。「め——眼鏡なんかいらない。どうせ何も読めないもの。どうせ——考えられることといったら……あっ、アル！　アル！」

おれはマーサの体を両腕で抱いた。マーサは身を引き離そうとしたが、それほど強くではなく、やがておれのシャツの胸に顔をうずめて泣きに泣いた。おれは泣きやませようとはしなかった。おれも泣きたい気分だった。おれはマーサを抱いたまま、ときどき頭をよしよしと軽くたたいた。こいつもすっかり白髪《しらが》になったなと思った。変なものだと思った。いや、ふしぎだという意味だが。ほとんど一夜にして髪が白くなったなんて話を聞くと、何を馬鹿なことをと思う。そんなことはまあ起こらない。普通の人には起こらない。ところが、なんと自分の女房の身に起きたりするのだ。マーサくらい普通の女はいないというのに。

ボブのこと、ボブのトラブルのことも、そうだった。どこかの十五歳の少年が隣の女の子を強姦し首を絞めて殺したなんて話を聞くと、やれやれおれは幸せだと普通は思う。うちの息子はちょっとやんちゃだが……いや、うちのボブはやんちゃですらない、ごく普通の男の子というところ……とにかくうちの息子はいくらなんでもそんなことはしないはずだからだ。そんなことはうちでは起こらない。ボブは——うちの女房は一夜にして髪が白くなったりはしないし、十五歳の息子はよその十五歳の少年がやるかもしれないようなことを絶対にやるわけがない。あまりにも馬鹿げた話で——ちょっと考えただけで笑ってしまう。ところがだ……

「アル」マーサは声をひそめて言った。「引っ越しましょ!」

「そうだな」とおれは言った。「明日その計画を立てよう。どこかへ引っ越そう。どこかこの国の反対側へ行こう」

もちろん、おれは口で言ってるだけだった。マーサもそれは知っていた。この年で新規蒔き直しなんてできるもんじゃない。ちゃんと食っていける仕事なんか見つからないだろう。それに引っ越す金もない。弁護士に料金を払うために家を抵当にいれて借金したのだ。家の値段のうち、抵当で押さえられている分を差し引いた額は、耳の穴にすっぽりはいるくらいの端金だ。

だいいち引っ越したってあまり意味はない。辛《つら》いのは町の連中が言ったりしたりしていることや、言ったりしたりしているんじゃないかとおれたちが想像することというよりは、おれたち自身の気持ちの持ちようなのだから。原因は町の連中じゃなくておれたち自身だ。何が本当かわからなくてあれこれ考えてしまうことが辛いのだ。こういうときは、状況について確信を持ちたいからだ。

「アル」とマーサはささやく。「ね、ねえ——やってないわよね、あの子?」

「あたりまえだ。そんなこと考えるのも馬鹿くさい」

「あたしにはわかる。絶対やってない」

「おれにもわかるさ。おまえにもおれにもわかってる」

「やるはずがないもの! だって、どうして、どうして——どうしてそんなことがやれるっていうのよ、アル?」

「知るもんか。というか——どうでもいいんだそれは。やってないんだから。それを考えても意味ないだろう。もうよせ、マーサ。ごちゃごちゃ考えたり、喋ったり——そういうことは——」

「そうよ。もう何も言わないでおきましょ。あたしたちにはわかってる。あの子がやってないってことは。やったはずないってことは。だってそうじゃない、アル! なんでボブがそんなこと……?」

「う、うるさい! もうよせって!」

終わり方はいつもと同じだった。おれたちはお互いに、あの子はやってない、やったなんて考えるだけでも馬鹿げていると言い合った。そして最後にベッドにはいった。ひと晩中、目を覚ますたびに、おれはマーサがブツブツつぶやくのを聞き、寝返りを打つのを見た。朝起きると、マーサは心配そうにおれを見て、心配そうに、眠れた？　と訊いた。だからおれもブツブツつぶやいたり、寝返りを打ったりしていたらしいとわかった。

さてと……

たぶんこれには発端と呼べることなんてないのだろう。こういうことはずっと昔に始まったにちがいない。まだ結婚する前、ボブという息子が生まれる前に。そしてこれについて打つ手はない。もともと自分でコントロールできることじゃなかったのだから。誰でもみんな、日々やるべきことをやりながら、平々凡々と暮らしているうちに、ふと距離をとり、自分の姿を見て、ぎょっとする。おい、こんなのおれじゃないぞと思う。なんでこうなっちまったんだと。だが、ぎょっとしようがしまいが、嫌だろうがなんだろうが、そのまま前に進むしかない。おれにはそれについての発言権などないも同然だからだ。人は動いているというより動かされている。

これは言い訳かもしれないが、おれが言いたいのは、すべてはほかの人間から始まっているのかもしれないってことだ。ほかの人間は複数かもしれない。たとえばおれの両親とか、そのまた両親とか、おれが一度も会ったことがない人たちとか。それは……いや、なんというか。なんとも言えない。言いようがない。それに発端がどこだろうと同じことかもしれない。だから、たぶんおれは自分にとっての出発点から始めたほうがいいのだろう。

もしかしたらあれが起きた日に戻ったほうがいいのかもしれない。その日は、それが起きるまではすごくいい日だった。その日のいちばん最初に立ち戻って、そのあとのことを順番に思い出していけば……何か見つかるかもしれない。

おれはときどき、勤めている会社――ヘンリー・テラゾ・アンド・タイル工務店――でそれをやる。帳簿を調べると何セントか合わないことがあるのだが、そういうときは仕訳帳から新しい総勘定元帳に勘定科目ごとに数字を転記しなおしながら、ひとつひとつの計算をチェックしていく。するとそのうちまちがっているところが見つかる。その箇所が目に飛びこんでくる。もちろんそのミスがチェックした日に犯されたものである場合の話だが。

その日おれは、さっきも言ったように夜ぐっすり眠ったあと、上機嫌で朝食をとった。

その朝はボブといっしょに食べた。おれたちはちょっと冗談みたいなことを言い合った。いつもはそんな時間がないし、そんな気にもなれないんだが。おれは駅まで歩いていったが、学校へ行くボブも途中までいっしょだった。

そんなことをするのは久しぶりだった。その前がいつだったかも思い出せないくらいだ。あいつが小学生だったころは、ほとんど毎朝いっしょに家を出たものだった。すると学校に早く着いてしまうわけだが、それでもあいつはそうしたがった。母親が起こしてくれなくて、おれが先に出てしまっていたりすると怒ったそうだ。

だがそれは二年ほど前のこと。いや、もっと前だろうか。当時は、つまり六年生くらいになるまでは、あいつは朝おれといっしょに家を出るだけでなく、夕方駅までおれを迎えにきたものだった。同じ年頃の子供と遊ぶより、おれといっしょにいるほうがいいらしかった。そのことについてあれこれ言う人がけっこう多かった。ある年の春に訪ねてきたマーサの母親は、そのことが気になって頭から離れなくなった。こんなお父さん子は見たことないと言うのだった。

マーサの母親はとてもよくできた人だった。亡くなってから——ええと——今度の六月で十六ヶ月。いや、十五ヶ月だ。ちなみにこの義母が死んでから何ヶ月たったかをどうやって思い出すかというと、葬儀屋が料金を十二ヶ月の分割払いにしてくれたので……。いや、まあそんなことはどうでもいいか。とにかくとてもよくできた人だった。おれはおれなりにできるだけのことをしてあげられてよかったと思っている。

　いまも言ったとおり、ボブはそんな子だった。戦争中は人造大理石《テラゾ》やタイルの工事もいまより需要が多くて、請ける仕事を選ぶのに苦労するほどだった。まああれだ。当時はいろんなことがちがっていたんだ。給料自体はいまとあまり変わらないが、ボーナスが倍近く出た。いまの半分も働かなかったが、収入はほとんど二倍だった。午後は休みたいなと思ったら、そうした。しょっちゅう休んだわけじゃないが、それをしても社長のヘンリーは文句を言わなかった。

　あるとき、まる一日休みをとることにした。金曜日にだ。前日、木曜日の夜に街でマーサとボブと落ち合って、金、土、日と遊んだ。四泊三日の休暇だ。かなり上等のホテルに二部屋（なかでつながっていた）をとったが、ほとんど寝るだけの宿だった。とくにおれとボブはほぼずっと外にいた。マーサが「男たちにずっとつきあうのは無理」と言って、部屋で休んでいるあいだも、ふたりで街に出ていた。

　土曜日の朝もいっしょに出かけた。いっしょに朝食をとった。おれはボブに、パパのほうがたくさんパンケーキを食べられるぞと挑戦した。おれたちはどちらも三つ重ねのパンケーキを三皿食べた。引き分けだ。それぞれパンケーキを九枚食べた勘定だ。もちろんバターとシロップも腹にはいった。いまそれをやったら、おれは死ぬだろう。

朝食のあとはペニー・アーケード（訳注―ゲームセンター）へ行った。おれは五ドルを小銭にくずした。昼までにふたりで使いきり、イタリアン・レストランでたっぷりの昼食をとった。それからまたペニー・アーケードをぶらぶら歩きまわったあと射的場にはいった。おれはなんだか熱くなってしまった。ボブと競争をして、気づくと二十ドル使っていた。いくら景気のいい時代でもかなりの大金だ。おれがそのことを話すと、ボブはちょっと怖くなったようだった。小さく震える声で、「ねえ、ママが怒るよ」

「怒りゃしないさ」とおれは言った。「ママが読心術をやれるんなら別だけどな」

ボブはちょっと怪訝そうな顔でおれを見あげた。おれはうなずいてウィンクをした。それからにやりと笑うと、しばらくしてボブもにやりとした。それでその話題はおしまいになった。お金のことは黙っていろと釘をさす必要もなかった。あいつはすぐに呑みこんだ。わが子のことをこんなふうに言うのはあれだが、ボブほど頭の切れる子はいない。

とにかくその週末は愉しかった。月曜の朝に三人で駅まで行き、朝食をとって、ボブとマーサを電車に乗せた。マーサは仕事に遅れないかと訊いた。

「遅れたっていいさ」とおれは答えた。

「でも社長に何か言われない?」

「言ってもらおうじゃないか。ごちゃごちゃ抜かしたら目にもの見せてやる」

ボブは目を皿のように大きくした。ジョン・L・サリヴァン(訳注―ヘヴィ級プロボクサー)でも見るような目でおれを見た。

正確にいつとは覚えてないが、ボブが変わりはじめたのは戦争が終わってしばらくたったころだった。最初はたいした変化はなかった。なんとなくおれを避けるようになり、おれといっしょにいるときに口数が少なくなった。こっちから話しかけると、何かいちゃもんをつけられたというような反応をした。このごろ学校の成績がふるわないようじゃないかとか、もう十六回ほど言ってるのにいい加減に髪の毛を梳かせよとか、その手のことをちょっと言っただけで不機嫌になった。おれが何を言ってもそんな調子だった。

それからずっとそんなふうだった。背が一センチ伸びるごとに少しずつ頑固になっていくように思えた。それから二年ほど前のある日、十三歳になってハイスクールに通いだしたころ……あいつはがらりと変わった。それ以後は、本当はボブじゃないような感じになった。

ボブが変わったように思えたころ、おれはかなり大変な日々を暮らしていた。戦争が終わって建設業界は仕事が増えただろうと思うかもしれない。実際、仕事は増えた。だがそれは主に個人の住宅で、そういうのは儲けが大きくない。いや金ははいるんだが、戦争中みたいなわけにはいかないのだ。店舗やオフィスの建設だって、公共事業の仕事にはとうてい及ばない。施主に、ああ、それはできますよ。費用は十パーセント増しになりますがね、なんてことを言おうものなら、すたこら逃げだすはめになる。まずまちがいなく何かを投げられるからだ。

そんなわけで、戦争中ほどは儲からなくなって、それはいまも同じだ。本当に。少なくともテラゾとタイルの工事はそうだ。それに社長のヘンリーとつきあっていくのは歯痛《はいた》の態とつきあうようなものだ。毎日なんだかんだとうるさく言ってくる。そうでないときも、おれをじっと見て、文句を言うタネをさがしている。大げさに言っているんじゃない。そんなふうだったし、いまもそうなのだ。

おれが見積もりを出せば、施主が考えている予算の九百平方センチあたり四セントほど下のところをぴたりと当てられる。受注できるぎりぎりの額を提示できるのだ。なのにヘンリーは満足しない。やつに言わせれば、三十センチあたり三と十分の九セント損しているというのだ。うまくやれば、予算の十分の一セント下を提示できるはずだと。おれは、それじゃつぎはそうしますよと言って、うんときわどいところを狙っていく。すると五セント飛び出てしまったりするわけだ。そしたらヘンリーがどう言うかはわかるだろう。いい契約を逃がしやがってとなじるのだ。頭をしっかり使えばもうちょっと下の額をはじいて仕事をとれたのにと。

そんなふうだからおれは神経質になった。飯がろくに喉を通らず、夜もよく眠れなくて、ほとんどコーヒーだけで生きていくはめになった。いつもいらつくようになった(いまもいらついている)。ヘンリーは、おれに文句を言っていないときは、大部屋にいるおれのうなじをじっと見つめている。これにずっと耐えていると、腎臓が痛みだして、またトイレへ行かなくちゃならなくなる。神経質になるとおれはいつもそうなってしまう。人によっては便秘になって逆にトイレから足が遠のくようだが、おれはいつも腎臓だ。

いま話題にしているこの日、おれは三時間弱のあいだに三回トイレに立った。三回目に机へ戻ってきたとき、ヘンリーがさっと首をまわしてこっちを見た。社長室にはいるとき、おれの左右の膝は震えて互いにぶつかりあってはいなかったと思うが、そうなっているような感じがした。

「どうしたんだ」ヘンリーは言った。それしか言わない。

「どうしたって、どういう意味です」とおれは訊き返した。正直、何を答えていいかわからなかったのだ。動揺しすぎて頭が働かなかった。

「何をバタバタしてるんだ。トイレから五分と離れていられないのか。机から離れてばかりで、どうやって仕事するってんだ」

「仕事はなんとかやってますよ」

「質問に答えろ。おまえはこの半時間で六回トイレから戻ってきたろう」

回数を訂正するのも、議論するのも無駄なのはわかっていた。早く何か返事を考えたほうがいい。さもないと大変なことになる。雇い主と揉め事を起こすには、このときはタイミングが悪すぎた。母親の——マーサの母親の——病気の治療費がかさんでいたし、マーサは上の入れ歯をうっかりゴミといっしょに焼却炉で燃やしてしまったので新調しなくちゃいけなかったし、ボブはちょうどハイスクールにはいったばかりだった。ケントン・ヒルズ小学校からケントン・ヒルズ・ハイスクールに進学したのだ。小学校時代からずっと同じ子供たちといっしょに学校生活を送ってきたのに、おれが失業してよそへ引っ越すことになって、全然知らない生徒たちのいる学校へ転校するはめになったら、あいつはどう思うだろう。最近は学校の成績もあまりよくないようだ。そのうえ環境が変わったら、いよいよ深刻に出来が悪くなるかもしれない。

ヘンリーはおれが何か言うのを待っていた。おれがまずいことを言って、馘になる理由を自分でつくるのを期待していた。期待していると、おれは思った。

「おい、どうなんだ。おまえは耳が聞こえないのか。口がきけないのか」

突然、おれはインスピレーションを得た。

「いや、耳は聞こえるし、口もきけます」おれはまっすぐに社長の目を見た。「それに目も見えるんですよ」

「はあ?」ヘンリーはうなるような声で言った。「どういう意味だ」

「トイレが娯楽室になってるんですよ。みんな勤務時間中にそこで煙草を吸いながら馬鹿話をしてるんです。おれはそれをやめさせにいくんです」

「ほう、そうか」ヘンリーは椅子の背にもたれた。「そりゃご苦労さん。思いきりどやしつけてやるんだろうな」

「いや、おれが来るのを見るとすぐ逃げちまいます」

「誰なんだ。いちばん悪質なサボリ屋どもは。名前を教えてくれ」

「ええとですね……」おれは間を置いた。ジェフ・ウィンターやハリー・アインズリーといった連中のことを頭に浮かべた。すきあらばおれをうしろからナイフでグサリと刺そうとしているような連中だ。やつらのお気に入りの手は、仕事をだらだらやりながら様子を見て、おれが何かで手一杯になったときに即座に対応しなくちゃいけない状況をつくりだすというものだ。そうやって、おれのせいで仕事が遅れてるみたいな感じにする。まるでおれが足枷になって仕事がちゃんと進まないみたいなふうに見せかける。

だがおれは、やつらが卑劣だからといって自分も卑劣になるということはしなかった。どれだけ金を積まれてもやつらのようになるつもりはなかった。

「みんな同じくらい悪質ですよ。とくにこいつと名指しはできないですね」

「ふうむ。そうか」ヘンリーはうなずいた。「じゃあこうしろ。トイレに鍵をかけて、鍵はおまえの机に置いておく。トイレへ行きたいやつはその都度おまえから鍵をもらうんだ」

おれはそうした。そうやっておれはかつてないほどの窮地を脱した。それのどこが悪いというのか。おれは大部屋の責任者だ。従業員が職場を離れるときにおれの許可を得るのは当然のことだった。

その日はもう、ヘンリーはおれに何も言わなかった。おれを見張るのもやめた。そしてその夜、退勤しようとしているおれを、また社長室に呼んだ。

「おまえのことを考えてたんだ」とヘンリーは言った。「おまえはおれが思ってたよりやり手らしい。その調子でやってくれたら、給料を三百五十にあげてやるかもしれんよ」

「ああ、そりゃ——ありがたい！」おれの月給は三百二十七ドル五十セントだった（いまもそうだ）。「そのためならなんだってやりますよ」

「三百五十だぞ」ヘンリーは目を霞ませ、おれには意味のわからない微笑みを浮かべていた。「おまえの年でそれだけもらえりゃ言うことなしだろう」

「いやあ」おれは笑った。「おれはメトセラ（訳注—九百六十九歳まで生きたユダヤの族長）じゃないですよ。今度の誕生日で四十九歳——」

「なんだ、言うことなしだと思わんのか」

「思いますよ。ただ——おれが言おうとしたのは……いや、思います」

「おまえの年でそれだけもらえるのは滅茶苦茶ラッキーだと思うんだな?」

「滅茶苦茶……ラッキーですよ。おれの年だと」

おれは家に帰った。あんまり気分はよくなかった。気分がよくない理由なんてなかったのだが。おれは正しいことをしたのだから。おれにできるただひとつのことをしたのだから。おれは誰にも害を与えなかったし、給料をあげてもらえるかもしれないようだし。なんの問題もないはずだ。だがたぶんおれは誰かになんの問題もないと言ってほしかったのだと思う。

その夜、わが家ではビーツのピクルス、エンドウ豆、サツマイモの夕食をとった。マーサはキャンドルスタンドのシェードをつくるのに缶詰のラベルをはがしていたので、缶をあけるときには中身がわからなくなっていた。

とてもうまい夕食だった。まさにおれの好物ばかりだった。おれはときどき我を忘れてマーサを叱りつけるが、そうしないよう努力はしている。マーサがちょっと抜けているのはしかたがないのだ。医者がそう言っている。更年期が始まったとき以来ずっと、少しお馬鹿になっているのだから。いや、それより前からかもしれないが。

おれたちは食べはじめた。おれはさりげなく昇給の話を持ちだした。まず昇給のことを話し、それからついでのように、ほかのことも話した。トイレのことなんかを。

マーサはすごいと感激した。あなたって頭がいいと一、二分間、絶賛した。「みんなに見せつけてやったのね。ほかの人たちは、あなたを追い抜こうと思ったらよっぽど早起きしなくちゃいけないわ」

ボブはじっと皿を見つめていた。何も食わなかった。

「お父さんの話、聞いてなかったの?」マーサは眉をひそめて息子を見た。「会社でお父さんをいじめる人たちにひと泡吹かせてやったのよ。おまけに給料まであがるの!」

「給料はあがんないと思うな」とボブは言った。

「おれは別に会社の連中を困らせたわけじゃないぞ。そういうことじゃない。ただ……なんで給料があがらないと思うんだ、ボブ?」

「なんでってことないけど。おれ、おなかすいてない」

「なあんだ」おれは笑った。「根拠が言えないのか。根拠がないんだったら何も言わないことだよ」

「ごめん。もう食べたくないんだ」

ボブは椅子をうしろに押して立ちあがろうとした。

おれはすわっていろと言った。

「ねえあなた」マーサがおどおどと言った。「もう食べたくないって言ってるんだから——」

「おまえは口を出すな。一家の長はまだおれだ。こいつはまるでおれが——こいつはあることを言った。それならちゃんとその説明をしろと言うんだ。それができないなら黙って飯を食え」

ボブはためらったが、頭をたれて皿を見つめた。それからフォークを手にとって食べはじめた。

「おれは筋の通らないことを言ってないと思うぞ」おれは言った。「世間の一部の連中がやってることを進んでやってきていたら、おれは仕事のことなんかで——ことなんかで——悩んじゃいないはずだ。いまごろ楽な暮らしをしているはずなんだ。いいか、ボブ。おれが抱えている問題のほんのいくつかでもおまえが抱えてたら、おれが話さないような問題を抱えてたら、たぶんおまえも……」

おれは喋りつづけて、息子がどこでまちがっているかを示そうとした。あいつはまちがっているのだ。さっきも言ったとおり、おれは筋の通らないことは言ってない。おれはヘンリーとはちがう。ただの根性悪《わる》じゃない。心配ごとや自己嫌悪から、誰かに言いたくないことを無理やり言わせようとしているわけじゃない。

おれはそういうのとはちがう。自分で恥じなきゃいけないことは何もしていないんだ。

「わかるか、ボブ。返事をしろ!」

ボブは返事をしなかった。サツマイモのひと切れを口に押しこんだ。

それからふいにむせ、咳きこみ、顔面蒼白になって、嘔吐しはじめた。

……そのときから、ボブは本当に変わったのだ。

それ以後は二度ともとの息子に戻らなかった。

2　アレン・タルバート

さあ、もう一ぺんやりなおしだ。今度は遠慮しいしい、道草を食いながら話すのはやめよう。

おれはあの日のこと、あれが起きた日のことを話しはじめていた。中断したところから話すことにしよう。駅まで歩いていくとき、ボブが途中までいっしょだったというところからだ。

おれたちは家から六ブロックほど離れたところにいた。ボブがもうすぐ角を曲がって、学校のほうへ向かうというとき、一台の車が歩道脇でとまった。そしてジャック・エドルマンが窓から顔を出して、おれたちに笑いかけてきた。

「よう、タルバート親子。この新車をどう思う?」

「まあまあの車に見えるよ」おれは〝見える〟を心持ち強く言った。「不動産業界はこのごろ景気がいいみたいだな」

「どこの業界も景気がいいさ。稼げるかどうかはその人間しだいだ」

「そうかい」とおれは言った。

「だからあんとき言っただろ?」エドルマンはやつ独特のロバみたいな濁った声で笑った。「乗りなよ。駅まで送ろう」

「いや、いい。息子といっしょに歩きたいんだ」

「息子を監視してるわけか」エドルマンはまた笑った。「近ごろ女の子とはどうなんだ、ボブ。最近、洗濯機の下にもぐりこんだか?」

ボブは笑おうとした。ひょいと頭をさげて、角を曲がりかけた。おれは、おいちょっと待てとボブに言った。ちょっとエドルマンさんに言うことがあるから、おまえも聞いといてくれと言った。

それから、おれは車道のそばまで行った。で、いいかい。おれはあの赤い顔した大口たたきのエドルマンをどやしつけてやったんだ。こんなの生まれて初めてだとやつが言うくらいに思いきり。

あんたも……おれと似たところがあるかな? おれは言いたいことをバシッと人に言ってやれるときもある。だけどやけにおとなしいときもあるんだ。相手に何を言われても言われっぱなし。自分は何を言っていいかわからなかったり、度胸がなくて何も言えなかったりする。

それで思い出すのは、マーサと新婚旅行に行ったときのことだ。おれたちはナイアガラの滝のそばにあるホテルに泊まった。支払いは食費やサービス料も込みのアメリカ式で、それを前払いしたから、もうよそへは移れなかった。ところが食堂のウェイター頭が最初からおれたちをゴミ客扱いしたのだ。なぜだかわからない。チップも多めに渡したし、特別なサービスを要求するとか、その手のことはしなかった。たぶんおれたちをコケにしても別にどうってことはないとタカをくくったのだろう。

たしかにしばらくのあいだは、やつのやりたい放題だった。三日間――いや四日間は。だが四日目の夜におれがガツンとかましてやった。やつはおれたちを厨房に近いちっぽけなテーブルにつかせた。テーブルクロスは、昔は白いときがあったのかもしれないが、あったようには思えない色合いだった。納屋の扉を一枚塗れるくらいのケチャップやグレーヴィーソースが染みをつけていたからだ。

「ちがうテーブルにしてくれないか」とおれは言った。「それが駄目ならせめてクロスを取り替えてくれ」

「ご冗談を」男はいかにも馬鹿にした口調で言った。「まったく気難しいお客さんですね」

おれは椅子をうしろに蹴飛ばしてぱっと立ちあがった。そして相手の顔の前にこちらの顔をぐいと突き出した。「ああそのとおりだ、おれは気難しい客だよ。気にいらないことがあるとえらく扱いにくい人間になるんだ。だからこれ以上おれをイラつかせないほうがいいぞ。いまみたいなタワゴトをちょっとでもぬかしやがったら、おまえをモップ代わりにして床を掃除するからな。さあ、さっさとまともなテーブルに案内しろ。それと、これからはおれたちの前では行儀よくするんだ」

男はアコーディオンみたいに縮みあがり、口答えをしなかった。おれたちを食堂でいちばんのテーブルへ案内した。それからの三日間、おれたちは王侯貴族のような扱いを受けた。

マーサは信じられないという顔をした。もともとおれのことを自慢の夫だとは思っていたが、それでも度肝を抜かれていた。

「すごい。あなたがあんなふうに言ってやれるなんて思ってもみなかった」

「ま、やれるときもあるし、やれないときもある。いまのはあんまりだったから、かっとなっちまったんだ」

というようなわけで、ほかのときならジャック・エドルマンを放っといたかもしれない。好きなことを言わせっぱなしにしたことは何度もある。だが、このときのやつはまずい選択をしたわけだ。

「おい、いいか、ジャック」おれは言った。「あの洗濯機の話は二度とするな。おれにも、ボブにも、ほかの誰にもだ。あんたの娘は招ばれもしないのにうちへ来たんだ。おれと家内が留守のときに勝手に台所へはいってきた。台所ではボブが何か用事をしていた。ボブが自分の用事をやってたように、あんたの娘も自分の家で自分の用事をやってれば、何も問題は——」

「なんだと?」エドルマンはこわもてに出ようとしたが、目が泳いだ。「おれが裏口を覗いたからよかったものの。おれが鍬を借りにいかなかったら、あんたのその形《なり》のでかい倅《せがれ》は——いや、とても口には出せないや」

「言ってみろよ。あんたの口から聞きたいね」

「いや、まったく……」エドルマンは無理に笑いをもらした。「おれたち何言い合いしてるんだ。ま、おれのことは知ってるだろう。冗談が好きなんだよ」

「あんたがどういう人間かは知ってるよ」おれは言った。「もう長いことあんたを見てきたからな。あんたは人をいたぶって不愉快な思いをさせる。やられるほうが我慢すればするほど、やり口はひどくなる。それで文句を言ったら、冗談だと言うんだ」

「は！　あんたがよくそんなことを」

「そんなこともこんなこともない。とにかく、いまおれが言ったことを覚えておくことだ」

エドルマンは、がきっとギアをいれて走り去った。

おれはボブをふり返った。ボブはもう肩を落としてはいなかった。微笑もうとしているのではなく、しっかりと微笑んでいた。昔みたいにおれを見た。あのニューヨークでの月曜の朝、マーサが仕事に遅れるんじゃないかと心配したとき、ヘンリーがごちゃごちゃ抜かしたら目にもの見せてやるとおれが言うのを聞いたときのような顔になっていた。

「パパ、どうもありがとう！」

「なあに。前から一ぺんガツンと言ってやろうと思ってたんだ」

「そのことじゃなくて。そのことだけじゃなくて。おれをかばってくれたから」

「ああ、そうか。いや——それはこうなんだ、ボブ。おれはもしかしたら、おまえのことを心配しすぎなのかもしれない。おまえが面倒に巻きこまれないようにと気を使いすぎるかもしれない。もしかしたら、おまえをかばおうとするとき、おまえが本当に何かやったんじゃないかと思ってるように——おまえを責めてるように——そんなふうに思えるかもしれない。だけどおれは、おまえとジョージーが洗濯機の下で何かやばいことをやってたなんて一秒だって思ったことはないんだ」

「ほんとにあいつは」ボブは靴の爪先で歩道をこすった。「あいつはアタマにくるよ」

「もうあの子とは関わり合いになってないんだろうな?」

「ああ。もともとなんでもないから。そりゃ学校では会うし、ときどき何人かでソーダファウンテンへ行ったりするけど……」

「あの子には気をつけたほうがいい。おまえを信用してないわけじゃないんだが、ジョージー・エドルマンみたいな女の子は要注意なんだ。男の子をとんでもない面倒に巻きこんだりするからな」

「うん、わかってるよ」ボブは何か戸惑ったような様子を見せた。

それからほかの子供たちに追いつこうと、学校に向かって走りだした。

おれは駅へ行き、街に向かう八時五分の電車に乗った。

エドルマン家とはかれこれ十一年近く近所づきあいをしている。向こうの住所はキャニオン・ドライヴ二二〇〇番地。谷間《キャニオン》を見おろす南東の角地だ。うちは三軒おいて隣の二二〇八番地。越してきた当初、二軒のあいだには誰も住んでいなくて、おれたちはかなり親しくなった。ボブはジョージーより何ヶ月か上なだけで同い年だったから、当然いっしょに遊んだ。フェイ・エドルマンはよく中間の空き地をとことこ走ってマーサと話しにきたし、その逆もあった。ジャックとおれもけっこう頻繁に会っていた。

最初はそんなふうだったが、二年後、あいだに一軒建って、おれたちは前ほど親密じゃなくなった。そういうふうにはいかなくなった。正直おれはほっとした感じだ。残る二区画に家が建ったときには嬉しかった。フェイとジャックには外でたまたま出くわすとき以外はめったに顔を合わさなくなった。あれは長くつきあえるような人たちじゃない。信用できる気がしなかった。あの夫婦はいつも誰かの悪口を言っていた。その誰かを傷つけるような冗談を。ほかの人たちにそういうことをしているのだから、おれたちのことも陰で何か言っているはずだとおれは踏んだ。

もちろん、ボブとジョージーは会いつづけた。ボブがジョージーの家へ行ったり、ジョージーがうちに来たりしない日はほとんどなかった。ふたりはいっしょに大きくなった仲と言っていい。近所にはほかに子供がいなかった。

ボブは十二、三歳になるころにはジョージーに興味がなくなっていた。遊びにいくこともだんだん少なくなったし、ジョージーが遊びにきてもほったらかしにして、自分だけ家を出ていくことが多かった。そういうときは学校へ行ってフットボールをやったり、谷間でほかの男の子たちとターザンごっこをやったりしたんだと思う。自分の部屋にはいって、ジョージーが帰るまでこもっていることもあった。

マーサはせっかく遊びにきてくれたのに悪いじゃないのと叱った。おれも一、二度そのことでボブと話をした。でもボブが反省した様子はほとんどなかった。ジョージーが家に来ても、まるでそこにいないみたいに知らん顔をした。おれはけっこうなことだと思った。ジョージー・エドルマンからはできるだけ離れているのがいいんだと。別にスケベな勘ぐりをしていたわけじゃないが、あの娘《こ》を見ているとどうも心配になった。まだ十二歳なのに、そこらの大人の女より体の発育がよかったからだ。

四ヶ月ほど前のある土曜日の朝、おれとマーサは歩いてショッピングセンターへ買い物に出かけ、ボブは家にいた。洗濯機の排水管から水が漏れるので、ボブはその修理をしていた。古い靴から革を切りとってパッキンにし、傷んだものと取り替えていたのだ。そこへジョージーがやってきた。

暑い日で、ジョージーはペダルプッシャーとかいうふくらはぎまでのズボンに、花柄のホルターというやつを着ていた。そのホルターとやらは、おれに言わせればブラジャー以外の何物でもなかったが、ともかくそのふたつ以外に身につけているのはサンダルだけだった。ジョージーはしゃがんでボブの仕事ぶりを眺めた。それからまもなく、ボブがあれれと思う暇もなく、洗濯機の下に這いこんできたのだ。ボブが頼んだわけじゃない。ひとりでちゃんと作業ができていた。なのにジョージーが手伝うと言いだしたんだ。

ジャックが裏口から覗いて、大騒ぎをしだした。ボブとジョージーは洗濯機の下から出てきて立ちあがった。そこへおれとマーサがやってきたわけだ。まあいかにもまずい場面というふうに見えたんだろうが、それでもおれは、いかがわしいことは何も起きてなかったと自信を持っている。たしかにボブみたいな体の大きな男の子とジョージーみたいな半分裸の女の子が、洗濯機の下の狭いところにいっしょにもぐりこんでいるというのは、見た感じはやばいだろうけど。

おれはかなり興奮してたんだな。どうもそのあとの対応がよくなかった。おれはボブに自分の部屋へ行ってろと怒鳴りつけた。それからジャックに、謝ったと受けとられかねないことを言ったようだ。まるでほんとに何かまずいことが起きて、しかもそれはボブのせいだ、みたいな感じでふるまってしまったんだと思う。

そう、あの対応はまずかった。ジャックに娘を家に連れて帰れ、ケツをぶったたいて、これからは家を出るなと言い聞かせろと言ってやればよかった。少なくともおれたちの家にはもう来させないでくれと言うべきだった。ジョージーがどんな娘《こ》かは、おれと同じようにジャックも知っていた。それを認めたがらなかったが、あの娘《こ》を見張ってたほうがいいことはちゃんとわかっていたんだ。わかっていたからこそ、そうっとうちへ来て裏口を覗いたわけだ。鍬を借りにきたなんてのは作り話なんだ。

ともかくその朝おれはジャックをどやしつけてやった。洗濯機事件が起きたときにそうしていればよかったが、過ちを改めるに遅すぎることはなし。ボブはえらく喜んでいた。それでおれはとてもいい気分になった。

この日はうんといい日になりそうだった。実際いい日になった。最後の段階になるまでは、だが。

会社で仕事を始めて一時間ほどたったとき、ある女が苦情の電話をかけてきた。最初はヘンリーが応対した。ところがちょっと荷が重すぎたようで、内線でおれに回してきた。ただしヘンリーは電話を切らずにやりとりを聞いていたが。

苦情はバスルームのタイルが茶色くなってきたというものだった。タイル工事は建築会社の下請けでうちが施工したので、おれたちに変色をなんとかさせたいのだった。女はやり直しをしないと訴えると言った。

「まっさらの家のまっさらなバスルームなのに、もう古い便所みたいになっちゃってるのよ！」

　もちろんおれたちとしてはタイルの張り直しなんてする気がなかった。個人の住宅の仕事はただでさえ利幅が小さいのだ。客ってやつは、予算が限られているのにいろんなタイルを使いたがる。賢い人間ならタイルの数を減らして質のいい仕事をさせるだろう。ところが客はそうしない。仕事の質はただでは得られないことがわからないのだ。

　あるタイル工事業者がこんなことを言うとする。ええ、奥さん（または、ご主人）、壁は百五十センチのボーダータイル、床は三色のテラゾでモザイク張り、それで三百ドルを切るようにできますよ。つぎに相見積もりのためにおれが来てこう言う。いや、それはちょっと無理ですねえ。数を確保するために質を落とさなきゃいけなくなります。だけど壁が最高級の百二十センチのボーダー、床が最高級の無地のブロックなら、三百ドルでいけますよ。さて最初の業者とおれのどっちが仕事をとるかわかるかな。これは決まって最初の業者なんだ。

　結局、生き残るためには費用を切り詰めなくちゃいけない。安物の素材を使って、職人を思いきり急がせる。組合の顔色をうかがいながら、すきを見て熟練の職人のかわりに見習いを使う。当然、仕事は粗くなる。粗いのも程度はいろいろだが、どのみち質がいいとは言えない。

おれは女にひとしきり文句を言わせて、怒りのガス抜きをした。それから、さえぎってこう言った。

「ひとつお訊きしたいんですが、奥さん。家を建ててるときに見にいかれました？　そのう、左官が漆喰を塗ってるときに嚙み煙草を嚙んでませんでしたかね？」

「えっ……えっと、嚙んでた気がするけど。それがどうしたの」

「タイルというのはとても吸収性がいいんですよ」おれは説明した。「接触したものはなんでも吸いこむんです。タイルの残りがあったら実験してみてください。コーヒー豆をひいた粉の上に置くんです。裏側を下にしてね。そのうち茶色い染みが釉《うわぐすり》にしみこんで表面に出てきますよ。たぶん左官職人が嚙み煙草の汁を漆喰の上に飛ばしたんでしょうね……」

左官職人の大半は——少なくともその多くは——嚙み煙草をやる。煙草を吸いながらあの作業をやるのは難しいから、嚙み煙草なんだ。ほとんどの女は嚙み煙草とそれをやる男どもにいい感情を持っていない。だから染みはタイル屋じゃなくて左官屋のせいだという説明を信じやすいのだ。

もちろん左官屋に苦情を持ちこんでも無駄だろう。頭のおかしい左官職人でないかぎり漆喰に嚙み煙草の汁を吐くことなんてありえないからだ。そんないかれた職人に日給三十ドルを払う会社などない。だがともかくおれはうるさい客をふりきることができたのだ。

おれは電話を切り、ヘンリーをふり返った。ヘンリーも受話器を受け台に戻した。にやりと笑い、おれに手をふってきた。

その日の昼過ぎ、雑用を片づけるとすぐ、おれ専用の鍵のかかるファイルキャビネットをひらいて、新しい市立スタジアムの建築図面——青写真——をとりだした。もちろん詳細図は入札の手続きが始まるまで見せてもらえない決まりだが、施工する建築会社の製図工のひとりに百五十ドル渡して写しをもらったのだ。

おれは図面をじっくり検討した。この十日間、確実に受注するための手がかりがないか詳しく調べてきたのだ。退社時間が近づいたころ、ようやくそれが見つかった。

おれは社長室へ行って、ヘンリーの前で図面をひろげた。

「このトンネルが気になってるんですがね」おれは鉛筆でその部分をなぞった。「ここにはとんでもない重量がかかる。だからとんでもなく耐久性の高いタイルを使うべきなんです」

「そりゃ駄目だ」ヘンリーはいらだたしげに肩をすくめた。「建築技師はそう思ってない。かりに思ってるとしても、それでおれたちが得するわけじゃないだろう」

「とんでもなく耐久性の高いタイルが必要なんですよ」おれはもう一度くり返してから、ゆっくりとウィンクした。「特別に重いイタリア製のタイルが」

「ああ、しかし……」そこでヘンリーは大きく目を見ひらき、うーむとうなった。それから椅子にもたれて、唇を突き出した。「なあるほど。おまえさんが考えているのは、ヘンリーとかいう業者が倉庫が満杯になるほど抱えこんじまったある種類のタイルのことだな？　役所がもっと軽いやつがいいと言ったから浮いちまったタイルのことなんだな？」

「そう。あのタイルは、うちにあるやつを除くと、この国に九平方メートル分もないはずですよ」

「そのとおりだ！」ヘンリーは机をばんとたたいた。「あれはもうどこでも手にはいらん。もう製造してないからな。あれを使うと仕様書に書かせることができりゃ……」

「それは無理ですね。市の土木建設課に手をまわして、特記仕様書であのタイルを指定してもらうんです。誰も文句言いませんよ。特別なタイプの建物なんだから、いろんな事情に応じて細かいところを修正するのは当然のことですから」

「ああ、それはなんとかやれるだろう。しかし土木建設課の連中は！　やつらに何かさせようとするとえらく高くつくんだよな」

「別にいいでしょう」おれは言った。「ほかに受注できる業者がいないんだから、うちが値段を決められるわけです」

「そうか！　そういうことだな。よし、一杯やろう！」

ヘンリーはおれをすわらせ、机の引き出しから酒瓶をとりだした。おれたちは酒を飲みながら終業時間までだべっていた。

「なあおい」とヘンリーは言った。「この一件がうまくいったら、おれは今朝文句を言ってきた女の家のタイルを張り替えてやるつもりだよ」

「そりゃ喜ばれるでしょう」とおれは言った。

「おれはこう考えてるんだ」ヘンリーはつづけた。「せこい商売のやり方をやってても始まらんとね。従業員をトイレに行かせなかったり、ツーバイフォーのちゃちな住宅の仕事で客を騙したり。そりゃおれらは不安でいっぱいだ。世間にはこっちを騙そうとする連中がごまんといるから、やられる前にやろうとする。でもそういうのはやっぱり何かではね返ってくるんだ。わかるか。得する以上に損するものなんだよ」

「まあそうなんでしょうね」

「トイレの鍵は明日あけてくれ。鍵なんぞ捨てちまうんだ。なあ、アル。トイレに行くのにいちいち許可が必要なんて、ケチくさくて情けないじゃないか。そんな待遇に我慢してるような連中はどのみち使い物にならんよ。なんだっておれはそんなことを……」

ヘンリーは首をふり、言葉を切って、ふたりのグラスに酒をついだ。それから目をあげておれを見ると、また首をふった。

「おれがおまえさんのどこを気に入ってるかわかるか、アル。土性骨《どしょうぼね》のあるところだよ。おれはそうでもないが、土性骨のあるやつは好きなんだ。そうなんだ。土性骨だ。思ったことをずばっという根性。そこが好きなんだよ」

「そりゃどうも」とおれは言った。「完全な人間なんていないけど、おれはできるだけのことをしてますよ。ところで訊こうと思ってたんですが——ええと、その——昇給のことですがね……」

「土性骨だ。こいつを持ってるやつはそういないな。いったんなくすともう絶対に戻ってこない。そうなったらもう群れのなかの一匹にすぎなくなる……昇給って？」

「昨日そんなことを言ってたでしょう。三百五十にあげてやるって。ただ普通に給料分の仕事をやってるだけなら、そんなことは望みませんよ。でもおれは市立スタジアムの件でうまい手を考えたわけで。だから――」

「それは評価してる。充分に評価してるよ。昇給の件はふたりで引き続き検討しよう」

五時を過ぎた。おれたち以外はみな退勤した。それから社長が帰ったあと、おれは戸締りをして、家路についた。

あれこれ考えると、この日はいい一日だった。

かなりいい一日だったのだ。

ああっ、もうほんとに！　正直、体がばらばらに吹っ飛ぶかと思った。せめて今朝だけはイライラしたくなかったのに。

ボブがおりてくる前にアルを家から送り出せればと思って、ありとあらゆる手をつくした。でも駄目。無駄だった。よりによってこの朝、アルはゆっくりして、ボブは急いでおりてきた。結局ふたりは同時に朝食のテーブルについちゃった。おかげであたしの神経はずたずたになった。昼食や夕食のときでも大変だけど、朝食のときは特別なのだ――もうほんとに！　頭がおかしくなるかと思った。あたしは更年期だというのに！

ふたりはまずまず折り合いがいいようだけれど、これが長続きしないのはわかっていた。遅かれ早かれ、アルがボブに何かきついことを言うだろう。するとボブは口答えをするか、何も言わないかだけど、あとのほうがアルの機嫌をよけいに損ねるのだ。あたしはそれが起きるのを待った。馬鹿みたいにニコニコ笑い、話しかけながら、ふたりに給仕をした。それが起きるのを待っていたのは、早く一騒動をすませてほしいからだった。すんでしまえばもう待たなくてもいい。けれども騒動を耐え忍ぶより、待つことのほうが辛い試練かもしれないと思うこともあった。

ありがたいことに、ふたりは朝食を食べ終えた。あと五分つづいていたらあたしはヒステリーを起こしてた。行ってきますのキスのとき、アルは気分でも悪いのかと訊いた。ボブは、「ちょっと横になったほうがいいよ、ママ」と言った。自分がどう返事したかは覚えていないけれど、たぶん何か馬鹿みたいなことを言ったのだろう。あたしは風船になったような気分だった。どんどん大きくふくれていく風船に。もういまにも破裂しそうだった。

ふたりはいっしょに通りを歩いていった。なんだか愉しそうに話をしていた。あたしは顔に血がのぼるのを感じた。息が苦しくなってきた。生まれてこのかた、このときほど腹が立ったことはなかったと思う。できることなら、あのふたりを歯がガタガタ鳴るまで思いきり揺さぶってやりたかった。だって、ひとをさんざん緊張させておいて、何もしないんだもの！　そんなことなら——そんなことなら、ああっもう！　こんなことを言っててもしかたがない。

あたしは居間のカーテンのすきまから覗いていた。ふたりの姿が消えるまでじっと見ていた。それから寝椅子に倒れこんで号泣した。本当に大声をあげて泣いた。このすさまじい泣き声を聞いたら、人はあたしが殺されたのかと思うだろう。しばらくして顔をあげ、廊下の鏡を見ると、目が真っ赤で、鼻もトマトみたいに真っ赤。それであたしは泣くのをやめて笑いだした。おかげで気分がずっとよくなった。

あたしは台所でコーヒーを一杯飲んだ。それから自分の朝食の用意をした。なんだかおなかがすいてきたからだ。ところがたちまち一ダースの卵を割ってしまった。

なぜアルはこういうことをするんだろう。あの人は頭がいいってことになっていて、もちろん実際頭がいいんだけど、ときどきほんとに馬鹿なことをする。あの人も知っていることだけど、あたしはいつも卵のパックを冷蔵庫のいちばん上の棚の手前の端に置いておく。落ちやすいところに置いてあるのがすぐ目につくから、落ちないように気をつけるのだ。なのにアルは何を考えたのかそれをいちばん下の棚の奥に突っこんだ。あたしには何がなんだかわからなかった。卵が見当たらない。だから棚を引き出しはじめた。右の棚、左の棚、そして、あっ！　下の棚の卵のパックが飛び出して、床に落ちてしまった。

アルったら、なんでこういうことをするかな。

幸い、あたしはゆうべ夜遅くに床をモップで拭いてあった。だから卵をすくいあげてボウルにいれ、殻のかけらをとり除いた。その作業が終わるころには気分はかなりよくなっていた。何かを壊すと気分がよくなるのはいつものことだ。それに夕食を何にするかの問題もこれで解決した。スクランブルエッグだ。

トーストを一枚食べ、もう少しコーヒーを飲んだあと、着替えをした。ミス・ブランデージからの手紙をもう一度読んでから、それを破いて、トイレに流した。ミス・ブランデージはボブの担任の先生だけど、よけいなお節介をせずに自分の仕事だけしていればいいのだ。仕事をしていれば父兄に手紙を書く暇なんてないはずだ。もちろんアルにはこの手紙のことは話していない。それでなくてもあの人はボブのことで騒ぎすぎだから。そしてボブにも何も言わなかった。言う必要がないもの。母親には息子のことがちゃんとわかってる。母親にわからなくて誰にわかるっていうの。担任の、未婚の先生に、わかるわけがない。子供を生んだことのない人には。

もちろん、あの先生も子供を生んだことがあるのかもしれない。子供ができてたっておかしくないのかもしれない。あんなふうに何年も何年もずっと独身でいて、責任から逃げつづけて、何もかも棚上げにして暮らしている女たちのことは、あたしにも少しばかり知っていることがある。ああいう女は世間の目をごまかしてるつもりだろうけど、あたしの目はごまかせないのだ。

言っておくけど、ミス・ブランデージがそういう女だと言っているんじゃない。事実が全部出そろう前に人に対して判断をくだすのはよくないことだと思ってる。でもなんかあの女は変なのよね。

ともかく人をけなすのが好きな人は自分がけなされても文句は言えないってこと。人をさばくな。自分がさばかれないためである（訳注—新約聖書『マタイによる福音書』七章一節。一九五四年改訳口語訳聖書による）。これがあたしのモットーだ。

あたしは黒と緑の格子縞のワンピースの上に黄色いショートコートを着た。バナナの皮のなかにチェッカー盤がはいっているみたいに見えるけど、しかたない。あたしは同じ年代の女の人とくらべたら、見てくれはまあまあだと思う。清潔に、こざっぱりと、品よくしているのが大事なことだ。

なんでこんな服を買ってしまったんだろう。

あたしはやっと家を出た。あれだけのことがあたしの身に起きたあとで、よく外出できたものだ。でもとにかく家を出た。ああ、なんて朝だ！　最初に出くわしたのは、もちろんフェイ・エドルマンだ。フェイは自宅前の歩道に出ていた。

まったく。いっそあそこにテントを張ってそこで暮らせばいいのにと思う。あれで家事がやれてるのだろうか。あたしはあの人が家にはいることがあるかどうか確かめるために、午前中いっぱいとか、午後いっぱい、見張っていたことがある。そしたら一度もなかにはいらなかった。いや、何か食べるためなのか、ちょっとはいったことはあったけど、すぐまた飛び出してきた。あたしはずっと見張っていたから知っている。

最初に牛乳配達員がやってきた。フェイと立ち話をした。つぎにパン屋、郵便配達員、ゴミ収集人と来て、それからなんだか忘れたけど、いろんな人が来た。それが男だと、フェイから絶対に逃げられない。家の前に立ったフェイがべらべらべらべら話をする。何を話しているのか、こうだと決めつけるつもりはない。でも読唇術ができたらなあと思う。あの女の態度を見ていると、絶対に何かあやしいことが起きているとわかるもの。

気温が氷点下にでもならないかぎり、フェイは短パンか、それ以上ありえないほどぴちぴちのスラックスをはいている。それとあのセーター。あれを着るときは体に油を塗るのだろう。でも何を着ていようとあんまり関係ない。どのみち何も着ていないように見えるから。

それは本人も知っている。知らないなんて言わせない。あれはわざとなんだ。表に立って、風に乱れる赤茶色の髪を顔にまつわりつかせて（言うまでもないけど髪は赤みがかった色に染めている）、赤茶色の瞳で相手（もちろん男）を見あげて何か言う。何か言って体を小さくくねらせる。クネクネしながらクスクス笑う。それから顎を引いて胸にうずめる（そんなに思いきり引かなくても胸に埋まるんだ、これが）。そして上目づかいで男に何か言う。男が答えると、フェイはクネクネする。クネクネしてクスクス笑う。あの女を見ていると恥ずかしくて顔が赤くなる。

フェイはあたしがすぐそばに来るまで待って、いま初めて気づいたというふりをした。

「あら、マーサ！」とフェイは言った。「まあまあ久しぶり！　ねえ最近どうしてた？」

あたしもいまフェイに気づいたばかりというふりをした。

「あらまあ！　ほんとにフェイなの？　あたしはずっと家のなかで忙しくしてたのよ。家族の面倒をみるって大変だもの」

「そうね。ほんとにね！」

「自分の時間なんてほとんどないわよ」あたしは言った。「もう何週間も家から出てないわ」

「もっと出かけなきゃ駄目よ、マーサ。家にずっといるとどんどんオバサンぽくなるから」

「そうなんでしょうね。でもオバサンがオバサンぽくて何が悪いのかしら。中年女が十代の小娘みたいになろうなんて滑稽じゃない」

あたしはフェイの中身が詰まりすぎたセーターの胸をじっと見つめながら、にっこり笑った。それから脚に張りついたスラックスまでゆっくりと視線をおろした。

「それで思い出したけど」あたしは言った。「いい洗剤を見つけなくちゃ。いま使ってるやつは服が全部縮んじゃうのよ」

「あら！　でもそのすっごく素敵なワンピースを自分で洗濯してるわけじゃないでしょ！　縮んだっていうのは体重が少し増えたからだと思うけどな」

フェイはにっこり笑って、まるでワンピースを見るのは初めてだというような目を向けてきた。

当然、そのことは理解できた。フェイが最後にワンピースを着たのはずいぶん昔だから、ワンピースとはどんなものか忘れてしまっているのだ。

「これから学校へ行くの？」フェイは訊いてきた。「ボブがまた面倒なことになってなければいいけど」

「面倒？　とんでもない。男の子はそこがいいのよ。面倒が起きないから。ちょっとショッピングセンターへ行くの」

「パーマかけるんでしょ。そんなら寒くなるまで待ったらどう？　髪にコシが出て、かかりやすくなるわよ」

「うーん、もうパーマはかけないかな。美容院にはいるでしょ。いままでお婆さんの髪を染めてた美容師があたしの髪をやるじゃない。この前もそうだったでしょ。あ、ちがうか。この前はいっしょに行ったんじゃなくて、あたしがはいっていくのと入れ替わりにあなたが出てきたんだったわね。とにかくそのどこかのお婆さんの毛染めをやったばかりの人があたしについたから、もう臭い臭い！　髪の毛から臭いがとれるまで何日もかかったわよ」

「たぶん慣れの問題よ」とフェイは言った。「ずっと前、うちで年寄りの黒人の家政婦を雇ってたことがあったでしょ。あの人はもちろん黒い毛染め剤を使ってたわ。で、いろんな色の毛染め剤のなかでも赤の臭いを嫌ってた」

「じゃ、そろそろ行くわ」とあたしは言った。「またそのうちね」

「ところでジョージー見なかった？　喉が痛いって言うから今日は学校を休ませたんだ

けど、ちょっと目を離したすきにどこかへ行っちゃったの」

「あら大変。肺炎になっちゃうわよ。服着ないでその辺走りまわってると」

「服は着てるって」フェイはちょっと顔を赤らめた。「若いんだから、秋の晴れた日にエスキモーみたいにモコモコ厚着することはないのよ」

「あたしならあの子のこと、ものすごく気をつけるな。ああいう大きな――ええと――おムネをした子はすごく肺炎になりやすいらしいから」

「ボブは今日なんで学校へ行かなかったの」とフェイは訊いた。「ジョージーを見なかったかなあ」

「行ったわよ、学校。かりに行かなかったとしてもジョージーとは会わないと思うけど」

「でもボブはうちの前を通らなかったわよ。絶対見過ごしたはずないから」

「反対側へ行ったのよ。昔みたいに。途中までアルといっしょに行きたがって」

「そう言えばさっき、あれっと思ったんだけど、谷間に青と白のジャケットを着た人がちらっと見えたのよね」

「青と白のジャケットなんてありふれてるじゃない」とあたしは言った。

フェイはぼんやりした顔つきで首をふりながら、通りの左右を見た。

「ほんとにあの子、どこへ行ったんだろ」

あたしはその問題についてある考えを言ってみようかとも思ったけど、やめておいた。子供の心配をしている親にその手のことを言うのは禁物だ。

「学校へ行くことにしたのかもね」あたしはそう言った。「行ってきますも言わないで行っちゃったこと、いままでなかった?」

「そうかもね」フェイは言った。「きっとそうだわ。おかげでこっちはさっきからずっと心配してるのよ」

「学校に電話して確かめてみたら?」

「うーん、まあやめとく。きっと学校に行ったのよ。ほんとにもうあの子ったら! 電話して確かめたりしたら絶対に怒るわ。そんなの学校へ行ったに決まってるじゃない、とか言って。そのあと一週間ほど口をきかなくなるのよ」

「それわかる。すっごくわかる。うちの子もそう。親の務めだと思って、ちょっと何か言うでしょ。そしたらもうおまえは社会の敵ナンバーワンだみたいな感じで食ってかかるもの」

「あれよ、マーサ、あたしが子供のときは、ジョージーみたいに何か叱られるようなことして、母親に口答えしたら――」

「うちだってそうだったわよ」とあたし。「あたしなんか、自分の母親の前でボブみたいなことをやったり言ったりしようなんて、考えもしなかった――」

「ねえねえマーサ、ちょっとコーヒー飲んでかない？　ピーカンナッツのロールケーキがあるのよ。あなた好きでしょ」

「あらいいわねえ」

あたしはフェイの家にはいった。コーヒーとロールケーキをよばれ、世間話をした。フェイはその気になればとても感じのいい人になれる。それはあたしが真っ先に認めることだ。

正午近くになってやっと、十一時にボブの担任と会う約束をしていたのを思い出した。ぱっと立ちあがって、もう行かなくちゃと言うと、フェイは買い物は明日にしたらどうと言った。たぶんフェイはあたしが本当はどこへ行くかを知っていたと思う。だけどいちおう礼儀上引きとめてみせたわけだ。さっきも言ったように、フェイはいい人になれるのだ。

あたしは学校へ急いだ。約束の時間に遅れてはいたけど、気分はうんとよかった。二時間ほど前に体がばらばらに吹っ飛びそうな気分だったなんて信じられないほどだった。

あたしはいつもそうだ。最初が悪くて、最後はいい。スタートは絶不調、フィニッシュは絶好調。

ほとんどいつもそうなんだ。

4　マーサ・タルバート

学校に着いたとき、ちょうど正午の鐘が鳴っていた。異様な女に見えたとしてもしかたがない。フェイの家からほとんどずっと走ってきたのだ。人を待たせるのはよくないことだから。あたしはそういうことを極力避けるようにしている。あたしは自分が異様な女に見えるにちがいないということはわかっていた。思いきり走ってたし、階段は二段飛ばしで駆けあがったし、カフェテリアへ我先に向かう八百人だか九百人だかの生徒をかき分けて進んだからだ。でも、だからって、ミス・ブランデージが、猫がくわえてきたネズミを見るような目であたしを見るのは失礼だろう。彼女はボブの教室から出てくるところだった。あたしがはいろうとしたとき、ちょうど出てきたのだ。ごく軽く会釈をしただけで、あたしを押しのけるようにして歩きつづけた。

「約束の時間においでいただけなくてとても残念です、タルバートさん」とミス・ブランデージは言った。「なんでしたら、三時まで待っていただければ……」

「三時まで!」あたしは言った。「それは、そんなの無理です」

「では明日にしたほうがよさそうですね。十一時から十二時のあいだに。お話ししましたよね？　一日のうちでその一時間だけ空いてるってこと」

「そんなこと！　先生いまお暇ですよね。何もすることないですよね」

「ありますよ。これからすることがあります。お昼を食べるんです」

ミス・ブランデージは小さな冷たい会釈をして、廊下を歩きだした。あたしはなんとか自分を抑えた。相手の服をつかんで脱げるくらいぐいぐいひっぱらないようにするので精一杯だった。まったく、あの女は自分がアメリカ合衆国大統領で、あたしは何かその辺のなんでもない人間だみたいな態度だった。いったい何をもったいぶってるんだろう。あたしだってランチタイムなんだ。まだお昼を食べてないんだ。でもいますぐ何か食べないと世界が終わるみたいにがっついてないだろっての。

「ちょっと待ってくださいよ、先生」あたしは走って追いついた。「待ってください！　先生、今日来るようにっておっしゃったでしょ。だから来たんですよ。こうやってここに来てるんだから──」

「約束は十一時でした。さっき説明したように──」

「十一時に来れなかったんですよ。できるだけ急いで来たんです。首の骨が折れそうになりながら。なんかものすごく大事な話があるみたいな手紙だったから。そう大事なことでもなくて、先生のおやつの時間まで待てることだとわかってたら――だって、あたしにもやることは一杯あるんですよ。先生みたいな若い女の人のなかには時間どおりにランチを食べることとか、アメリカ合衆国大統領みたいにいい服を着ることしか考えることがない人もいるけど。あたしたちが子供だったころの学校の先生はそんなじゃなかったですよ。仕事のやり方を知ってたし、しょっちゅう父兄に電話したり手紙を書いたりなんてしないで……」

あたしは猛烈に攻撃した。長く忘れられないだろうことをいくつか言ってやった。ミス・ブランデージはあたしを見つめながら口をぱくぱくさせた。顔がどんどん赤くなってきた。

「わかりました」彼女はとうとうそう言った。かろうじて聞きとれるくらいの低い声だった。「いまお話しします。わたしについてのあなたの意見からすると、話すことにあまり意味はない気もしますけど――」

「言ってください。ボブが今度は何したっていうんですか」

「何をしたというより、何をしていないかが問題なんですよね。新学期が始まってから勉強をほとんどしません。全部の科目でついていけなくなっています」

「そんな——なんでそうなるまで放っとくんです」あたしは言った。「あの子は頭のいい子です。なんで勉強するようにしてくれないんですか」

「タルバートさん。この学校の教師はみんな平均六十人の生徒さんを受け持っています。本当は三十人くらいがちょうどいいのにその倍なんです。ひとりの生徒さんのためにそこまで時間を割けないんです」

「まあ、あきれた。誰がそんなこと頼んだの。そんなことしなくていいんです。仕事のしかたを知っていれば。あたしが学校に通ってたころは、ひとりの先生が六学年全部をみてましたよ——」

「きっとそのころの先生はいまの教師よりずっと優秀だったんでしょうね。でもとにかく当面の問題に戻りますけど、ロバートは勉強がどんどん遅れていて、わたしたちが手助けしようとしても駄目みたいなんです。ですからご両親になんとかしていただけないかと思うんです」

「そんなこと言われても。そりゃできることがあればしますよ。ボブにしっかり言い聞かせて——」

「何か気がかりなことがあって、気がふさいでいるようなんです。何か——その——ご家庭に彼が落ち着かなくなる原因はないでしょうか」

「そんなもの、もちろんありません！　何かあるとしたら学校に決まってるじゃないの。あたしに言わせれば、何が問題かはちょっと考えればわかることよ」

ミス・ブランデージは口をきつく結び、それから言った。「タルバートさん。わたしはただよかれと思って――」

「けっこうです、そんなこと。家庭のことには口出ししてもらわなくていいです。ほかにボブがちゃんとできてないことはなんですか」

「週に五日、学校に出てくることです。五日登校するのが普通なんですよ。二日とか三日ではなくて」

「いや、登校してるでしょ。そりゃ、よく病気で休むけど――」

「ではいま病気なんですね？」教師の顔に変な、意地の悪い小さな笑みが浮かんだ。

「病欠するときはいつもお母様が欠席届をお書きになるんですよね？」

「そ――そうですよ。病気で学校を休むときはあたしが欠席届を書きます」

「そうですか」教師の笑みはいっそう意地悪く、くっきりとしてきた。「じゃ、こうしませんか。お母様とボブとわたしで面談をするんです」

あたしは、いいですよ、できるだけ早いほうがいいわねと答えた。「もちろん先生のランチタイムをお邪魔するつもりはないですけど。できるだけ早く――」

「いいえ、今日はもう食べ損ねました。いまからじゃ遅いですからいいです。おうちへ電話して、病気で寝ているロバートを呼んでください。午後の授業が始まる前に何分かお話しできるでしょう」

しばらくのあいだ、言っている意味がわからなかった。ボブが学校に来ていない場合を想定していなかったのだ。この女はあたしを誘導して、罠にかけて、あたしをまぬけ扱いしようとしている。首を絞めてやりたいと思った。

「どうです。そうしていただけませんか」とミス・ブランデージ。

「いや」目つきに人を殺す力があるなら、この若い女教師は絶命していただろう。「それはお断わりします。あたしがしたいことはほかにあります。なぜあたしたちは高い税金を払って雇っている小娘に侮辱されなくちゃいけないのか知りたいです。なぜまともな先生がいなくて、顔におしろいをつけて、稼いだお金を全部服につぎこむ小娘の教師しかいないのか――」

「タルバートさん。タルバートさん!」

「なんなの？　怒鳴らなくても聞こえるわよ！」

「わたしは学校教師です。刑務所の看守じゃありません。強制的に勉強させたり、さぼらないようにさせたりはできません。ですが――あなたがそういう態度をやめないのなら――わたしにもできることはあります。しかるべき当局に処置を要請することができるんです」

「何言ってんのよ。それじゃこっちも言わせてもらうわよ、偉そうな学校教師様。うちの主人とあたしはね――」

「この州は法律で親に子供を学校へ通わせることを義務づけています。子供を学校に通わせない親には重い罰が科せられるんです」

「やれるもんならやってみなさいよ！」

「ええ」女教師はゆっくりうなずいた。「そうします」

ミス・ブランデージはこちらに背中を向けて歩きだした。なんなんだこの女！　あたしはあとを追おうとして、やめた。そんなことして何になる。この手の人間と話すのは息の無駄づかいだ。

学校を出て、ショッピングセンターへ行った。靴を何足か、コートを二着、帽子をいくつか試着して、貸し本屋で本を一冊借りた。そのあとドラッグストアにはいってパイとコーヒーを注文した。この日はほとんど何も食べていなかったけどおなかは全然すいていなかった。でも隣にすわっている女が食べているクリームチーズをトッピングしたオリーブ漬けナッツ入りの三層パイがすごく美味しそうだったから、あたしも食べることにしたんだ。あたしたちは話をした。その女は実践中の完璧な減量法のことを話した。ふたりともコーヒーのおかわりをし、チョコレートサンデーを追加で注文した。ふと気づくと、もう三時近くになっていた。

あたしは家に帰ることにした。まずはスーパーで牛乳とパンを買った。もうすぐ家に着くというところで、なんと突然目の前にポッと現われたのはボブ・タルバート君だ。あたしたちは同時にお互いを見た。そのときのボブのばつの悪そうな顔！　それからボブはにやりと笑って、いかにもいま学校から帰ってきたところだという感じでふるまった。

「やあママ。それ運んであげるよ」

「あ、いいのいいの、そんなこと。あなたは一日中勉強してきたんだもの。疲れてるでしょ。だから——なんて、もう、ボブ。なんで？　なんでまじめにやらないの」

「ごめん」ボブはぼそりと言った。「もうしないよ、ママ」

「ほんとに頼むわよ！　いったいどこへ行ってきたの。どこにいたの」

「ゴルフ場だよ。キャディのバイトをしようと思って――パパにプレゼントを買うのにお金が欲しいから」

あたしは息子をまじまじ見た。は？　なんだそれは！　正直、こいつの頭には脳みそがないのかと思うことがある。「プレゼントを買う？　なんで？　誕生日でもないのに」

「買いたかったんだよ」口のなかでモグモグいう。「なんでか知らないけど」

「あんたのおかげでママ、ひどい目に遭ったんだから。先生に呼び出されて学校へ行ったのよ。当然あんたは学校にいると思うじゃない――そうでしょう――そこから先生と言い合いになって、グチャグチャグチャグチャグチャ――」

「なんでそんなことするんだよ。あの人――ブランデージ先生は――学校でひとりだけ話のわかる先生なんだよ。だからママも――」

「ちょっといい加減にしなさいよ！　あんたが学校をさぼったせいで、こっちは恥かいたんだから。なのにあたしが悪いわけ？　あたしのせいなわけ!?」

「あ、いや、そんな、ママ！」

あたしは〝あ〟も〝いや〟もない、さぼるのはやめて勉強をしなさい、さもないと後悔するわよと言った。「ほんとにもう、好きなときに好きなところへウロウロ出かけて！　で、お金は稼いだの」

「ううん。キャディがいっぱいいて、ゴルフやってる人が少なかったから」

「なんなのよそれ。学校を一日さぼって、二十キロ近く歩いて、靴だってただじゃないのに、それで一セントも稼いでこないって。アタマ悪すぎるよそれ」

「わかってる！　わかってるよ！　だからもうしないって言ってるだろ」

「頼むわよほんとに。さあ大声出さないでよ。エドルマンの奥さんに聞こえるとまずいから。黙ってるのよ。ちゃんとしてよ」

フェイはもちろん家の前にいた。ほかの場所に居ることがあるんだろうか。「あらマーサ、ボブ。ねえ、今日学校でジョージーに会った、ボブ？」

「は？」ボブはトロいやつみたいにフェイを見た。まるで学校をさぼったのを知ってほしいみたいだ。「いまなんて、エドルマンさん？」

「ジョージーに会ったのって――」

「この子、このごろ無口なのよ」あたしは笑った。「ジョージーの話が出るといつもそうなの。もちろんジョージーに会ってるわ。あたしもそれ訊いたのよ」

「子供っておかしいわね」フェイも笑った。「ま、そのうち帰ってくるか。まだ早い時間だし」

あたしとボブは家に帰った。ボブは腹ペコなはずなので、早く手を洗ってらっしゃい、サンドイッチと牛乳を用意してあげるからと言った。

「おなかはあんまりすいてない。晩ご飯まで待つ。それより――風呂はいろうかな」

「お風呂？　いまの聞きちがい？　言われないのに自分からはいるって？……ねえ、ボブ。ちょっとこっちへ来て。何それ――ズボンの前、どうしたの」

「なんでもないよ」ボブはモゴモゴ言いながら両手を前にあてた。ゴルフ場へ行く途中で柵をまたいだとき、鉄条網にひっかけたかな」

「もうしょうがないわねえ！　さあ脱いで、洗濯するから。きっとパンツも血だらけで――」

一日にいろんなことがありすぎだった。ものには限度ってものがあるのに。あたしは寝椅子にへたりこんで泣きだした。

「やめてくれよ、ママ。ごめん。もうしないから――」

「さあ早く風呂にはいって。熱いお湯でしっかり洗って、ゆっくり浸かるのよ。もう、破傷風にならなきゃいいけど」

ボブは二階にあがっていった。まもなくバスタブにお湯をいれる音が聞こえてきた。あたしは目をつぶって寝椅子に寝て、お湯の音を聞いた。心が安らぐ音だった。ひどく疲れていたにちがいない。気がついたときには眠りこんでた。いやつまり、もちろん眠りこんだときに気づいたわけじゃなくて、目が覚めたとき、自分が眠りこんだのだとわかったんだけど。

もう暗くなっていた。二時間以上眠っていたのだった。

バスルームでボブが何かしている音が聞こえた。これだけ時間がたってもまだ風呂にはいっている。もちろんそれは変なことだった。ボブがどういう子か知っていたら、そんな長風呂をするのはおかしいとわかる。でもおかしいことはほかにもあった。

それをあたしは体の内側で感じた。すごく気分が悪くなってきた。体が震えてきそうなほど不安だった。あたしは玄関のほうへ行った——そこへ引き寄せられたみたいな感じだった——そしてポーチに出た。

フェイ・エドルマンが自宅の前にいて、夫のジャックもそこにいた。ジャックはフェイを両腕で抱いていた。フェイの顔は隠れていて、ジャックの顔だけが見えていた。その顔は真っ青だった。あたしと同じくらい気分が悪そうに見えた。少し離れたところに男がふたり立っていた。制服は着てないけど、警察官だとわかった。歩道脇にはパトカーがとまっていた。いったいなんだろう、と心のなかで言ってみたけど、本当はわかっていた。なぜかわたしにはわかっていた。正確なことはわからないけど、かなり近いところまで。あたしはしばらく四人を見ていたあと、無理やり目をそらした。それから通りの反対側を見ると、アルが歩いてきた。

すごくゆっくり歩いてきた。この一歩一歩が嫌でたまらないって感じで。だからアルも知ってるんだとあたしは思った。

刑事のひとりがジャックに何か言った。ジャックは目をあげてうなずいた。ふたりの刑事がアルのほうに向かって歩きだした。

なぜ、なんて、知るもんか。だいたいなんでみんな、いつもなぜって知りたがるんだ。何かするのに、いちいちなぜって考えてたら何もできやしない。おれはパパにプレゼントを買いたかった。それだけだ。だからゴルフ場へ行こうと思って、学校へ行く途中で谷間のほうへ引き返した。それだけなんだ。

おれは谷間へおりていった。真ん中を流れてるあの小さな川をさかのぼっていった。そのうち鉄道橋のところへ来た。おれは両手を上に伸ばし、橋の架台《トレッスル》の横材をつかんだ。それで失敗したんだけど、おれのせいじゃなかった。架台をつたって川を渡ったことは百回ほどあって、眠っててもできたはずだからだ。なのに——たぶん露のせいだと思うけど——手がすべった。急いで体をうしろにふり戻そうとしたけど、片足が川にボチャッと浸かってしまった。

おれはくそっと言ったけど、すぐに笑った。そのときの気分から言うと、もっとひどいことが起きないかぎり腹が立ちそうになかった。パパが優しくしてくれたし、おれはパパのためにプレゼントを買うつもりでいたからだ。何もかもうまくいったら、昔みたいに、パパとちょっと話をするつもりだ。そうすればおれは、学校をよくさぼるってことも、気持ちがちょっと軽くなるはずなんだ。パパはこう言ってくれるだろう。よしよし、心機一転するのはいいことだ、これからはおまえが前よりちゃんとやるってこと、パパにはわかってるよ……。きっとそうなるはずだ。おれの気も軽くなる。だってほんとに気が重かったもんなあ！

靴を脱いで、よくふって水を切った。靴下をしぼり、低い木の繁みにひっかけて干した。時間はたっぷりあった。ゴルフ場までは一時間あれば着く。ツキがあれば二十七ホールか三十六ホールぶん稼げるだろう。

今日はゴルファーひとりにキャディが八十四人みたいなクソ日でなきゃいいけどな、ああほんとに、今日はやめてくれよ、とおれは思った。でも気分がいいから、そんなに心配はしなかった。

あおむけに寝て目をつぶった。これからこうしよう、あれはこうなるはずだ、なんて、目を覚ましたまましまいろいろ夢見た。するとうしろで音がしたような気がした。何かがこすれる音。ときどき小枝がプチ、プチと折れる音。でもおれは気にしなかった。あいつが百万キロ以内にいるなんて思いもしなかった。ところがあいつは、いきなりひとの髪の毛を指ですきだしたのだ。

おれはぱっと上半身を起こした。あいつは笑った。片方へ首をかしげた。おれのすぐそばにいた。両膝をついて、こっちの上にかがみこんでいた。おれはちゃんと起きあがるのに、横へよけなくちゃいけなかった。

「おまえ何やってんだ。なんで学校へ行かないんだ」

「風邪ひいちゃった。あなたはなんで学校へ行かないの」

「言いつける気だろ。いいよ別に。平気だよ」

「ううん」ジョージーは首をふった。「あなたのことは言いつけないよ、ボビー。何やったって」

「言いつけろよ。おまえが何しようと全然関係ないんだ」

おれは繁みから靴下をとった。だいぶ乾いていたから履きはじめた。ジョージーはおれの手からそれをとった——ひったくったんじゃなく、優しく自然な感じでとった——そしてまた繁みに戻した。

「風邪ひいてもいいの？　ん？　あたしがいいというまで干しときなさい」

「なんなんだよ。頼みもしないのにこんなとこへ来て、ああしろこうしろって」

「えー、ありがたいと思ってよ。あなたって誰かが面倒みてあげなきゃいけない人なんだもん」

おれは、おまえ頭おかしいぞ、普通の人間の百倍いかれてるぞと言った。「おまえのママ、おまえがここにいるの知らないだろ。なんにもいわずに脱け出してきたんだろ」

「ママはきっと煙草をちょろまかされたのも知らないよ」ジョージーはうなずいた。

「煙草、欲しい?」

あいつは変な短パンをはいていた。普通の短パンじゃなくて、女の子が自転車に乗るときはくみたいな、膝の下まであるやつだ。それから上は、あいつのお袋がいつも着てるみたいな、ぴちっとした変てこりんなやつだ。前をボタンでとめるちっちゃいカーディガンもお袋が着てるやつに似てる。そのカーディガンを、まともな人間が着るみたいに着るんじゃなくて肩にひっかけてた。ブラウスの胸ポケットから煙草とマッチを出そうとしたけど、カーディガンの袖が邪魔になると言いだした。

「ねえボビー! 手伝ってよ」ジョージーは、おれのせいだというように口をとがらせた。おれはまた、頭おかしいぞ、と言って、あいつのポケットから煙草とマッチを出そうとした。あいつはとりやすいように胸をぐっと突き出してくる。な、なんだ、なんだよこの変な感じは。おれがあいつの変てこなブラウスをまさぐる。あいつは胸をそらして――おい、やばいよこれ。

おれは煙草を一本とり、あいつも一本とった。おれは一本のマッチで両方の煙草に火をつけた。煙草の袋とマッチをジョージーの膝にぽんと放った。

「さてと、そろそろ行かなきゃ」おれは言った。「今日はやることがいっぱいある」

「ふうん」ジョージーはまた片肘をついて横になった。

「ゴルフ場へ行く。何ドルか稼ぐんだ」

「ふうん」ジョージーはだるそうに煙を吹きだした。「あなたよくさぼるけど、いつもそこへ行ってるわけ」

「いつもじゃない。カネを持ってるときは街へ行く。前に小遣いが十ドルほど貯まってたことがあった。あんときは愉しかったな。駅の食堂で昼を食べて、ペニー・アーケードで射的をやって、それからまた別の食堂へ行ったりして、いろいろやったんだ」

「ふうん。あなたってすっごい不良ね」

「ふん。ま、そんなに愉しくないと思うかもしれないけど、愉しかったよ」

ジョージーは煙草をもみ消してからまた横になって、片腕を折り曲げてそこへ頭をのせた。それからおれに笑いかけてきて、わきの地面をぽんぽんたたいた。だからおれもまた横になった。そのほうがずっと楽だった。それと、おれはなんかジョージーを見たかったんだと思う。なんかジョージーが懐かしかったんだと思う。あいつが好きとか、そういうんじゃないけど、昔からそばにいるのに慣れてしまって、いつもいっしょにいたのに、急にそうじゃなくなったから、なんか懐かしくなっちまったんだ。

おれたちはただ並んで寝ていた。そのうちなんとなく手を握りあってたけど、別に意味なんてなかった。いやほんとになかったんだ。ずっと昔からあいつはいつもおれについてきて、おれはあいつがどこかから落っこちないようにとか、何かを乗り越えるのを手伝ってやるとかで、よく手をつないでやったんだ。もう長いこと手をつないでなかった気がするけど、それでも手をつなぐのはすごく自然だった。それがあたりまえって感じだったんだ。ふたりだけで横になって、話をして、それでなんの問題もなかったんだ。

「ボビー……」

「ん?」

「覚えてる? 昔、一日じゅういっしょに遊んだあと、あたしが家に帰るときとか、あなたが家に帰るとき……さよならのキスをしたよね?」

「ふん。まあな」

「もうどのくらいたつのかな。この前キスしてから」

「知るかよ。まったくもう、何言ってんだ！」

「そんなに何かいうたんびに怒るんだったら、あたしもう行こうかな」

「ああ行っちまえ。おまえ頭がおかしいよ。おれは別に怒っちゃいない。ただ覚えてないって言っただけだ」

「ボビー、いまものすごく怒ってる。怒ってるときは、いつもわかるもん」

「じゃおれは自分でわかってないってことだな。面白え」

「あたしの目を見ながら、怒ってないって言えないでしょ」

「言えるよ。言おうと思ったら。まったくもう。なんでそんなことばっかりベチャベチャと――」

「言えないよ。言えるなら言ってみてよ」

こんなくそ生意気なことを言わせとくわけにはいかない。こんないかれたメスガキに。それでおれは寝返りを打ってジョージーと向き合った。そして怒ってないと言った。二回、言った。まっすぐ、というか、ほとんどまっすぐ、あいつを見て。でももちろんあいつはそれだけじゃ満足しなかった。

「やっぱ怒ってる。わかるよ。怒ってないなら、してくれるもん」

「まったくもう、ジョージー」

「だってそうでしょ。ね、ねえ、ボビー、なんか、ま、まずいことでもあるの？――」

それから、おれが何もしてないのに、なんにもしてないのに、あいつは泣きだしたんだ。泣いてるみたいな感じで、でもわんわん泣くわけじゃなくて、なんか両方の腕を伸ばしてきて。だから、なんていうか、おれはキスした。あいつもキスしてきた。あいつが両腕を体にまわしてきたから、おれは離れようとした。

さっき煙草とマッチをとったときと同じ手触りがあった。ただきっきよりもっと強く感じた。パパのこと、パパが言ったことを思い出したけど、体を引き離せなかった。あいつがしがみついてきた。顔と顔がギューッとなった。あいつはおれの耳に何回かキスした。おれもしたみたいだ。いや、おれがおれの耳にじゃなくて、あいつの耳にだけど。おれたちはときどき、ひそひそ、って感じで話した。

「ボビー……」

「なんだい」

「なんかあの日みたいね。ほら、あなたんちで。うちのパパがなんでもないことで大騒ぎしたとき」

「おれたちなんにもしてなかったよな。なーんにも」

「パパは頭おかしいよ。それに、もししてたとして、それがどうしたのよ。パパとママもしてるんだし。それが悪いことだったら、なんで——」

「ジョージー、おまえいかれてんじゃないか？　だっておまえ——そりゃ、同じじゃないだろ」

じゃいいよ、とジョージーは言った。そんなふうに思ってるんだったらいい。あたしが何か言うたんびに怒るんだったらもういい。それでおれは言った。おい、なんだよ。怒ってんのはどっちだよ。おれは怒ってない証拠に、またあいつにキスした。

「ねえボビー……したことある？」

「いや」

「これから……話すこと、誰にも言わないって約束してくれる？」

「いいよ」

あいつはちょっと間をおいた。それから口をおれの耳のすぐそばまで持ってきて、ポソポソ言った。

「おい、冗談だろ」

「いいよ。別に信じてくれなくても」

おれは唾を呑んだ。急に口のなかが唾だらけになったからだ。「誰と――いつだよ、ジョージー」

「去年の夏。土曜日に、街へ行こうと思って。駅のちょっと手前でその男の人と会ったの。知らない人だったけど、おっきい車に乗ってて。ドライブしないかって。それで……」

「でもそれ、おまえ、ついてっちゃ駄目だろ。その男――いかれたやつかもしれないし――」

「そんなことないよ」ジョージーは肩をすくめた。「そういうのは大人が子供を脅かそうと思って言うんだよ」

「ちがうって。そういう男のことはときどき新聞に出るだろ。女の子を車に乗っけて、それで――そういうことをしたあと怖くなって――って、そういうの。読んだことあるだろ」

「とにかく」ジョージーは肩をすくめた。「そのときしたのよ。その男が、あたしに」

おれは何も言わなかった。そのときすぐには何も言えなかった。何度も唾を呑んでいたから。

「その人、最初は冗談言ったりしてたけど、そのうちハイウェイから脇道へはいって、大きな広告板の陰に車をとめたの。それから」――ジョージーはぶるっと体をふるわせて、おれを引き寄せた――「すごく痛かったんだよ、ボビー」

「えっ。おま、おまえ、そんなこと」

「なんか……そこらじゅう血だらけになるかと思った。二回目のときも、ていうか、それは、やめといたほうがよかったんだけど……」

おれはもう一度ごくりと大きく唾を呑みこんだ。ジョージーは手でおれの髪をすいた。それから手をひっこめて、ズボンのポケットにいれて何かさがした。それからあるものを見つけて、その見つけたものを出して、おれの手に押しつけた。

「ボ、ボビー……これ何か知ってる?」

「う、うん」

「パパとママの寝室から盗んできたの。これって……みんなおんなじ? 誰にでも合う?」

「と思うけど。知らないよ。でも、合うんじゃないか」

「あなたもだいじょうぶかな——こ、これで」

「えっ?——おい、ジョージー! お、おまえ何を——」

「ちょっと待って。ここじゃ人に見つかるかも」

ジョージーはおれを軽く押しやって、立ちあがった。目をほそくして、なんか眠たそうな顔で、おれを見おろした。それから手を伸ばしてきた。おれも立った。おれたちは崖のほうへ歩いた。崖のすそに藪があって、そのそばに小さな洞穴《ほらあな》があいてた。

おれは両膝をついて、ジョージーのカーディガンを地面にしいた。なんか夢みたいだった。おれはまだアレを手に握っていた。ジョージーはカーディガンの上にあおむけに寝た。ほんとのこととは全然思えなくて、頭がドクドクドクドク猛烈に脈打って、息ができないくらい喉がつまった。

アレをつけるところを見られないよう、あいつに背中を向けた。手がモタモタしたけど、なんとかつけた。おれは体の向きをもとに戻した。あいつはこんなこと慣れてるって感じで、ゆっくり時間をかけて、あの変な短パンの横のファスナーをおろし、ブラウスのすそを短パンから抜き、ボタンをはずして、前をひらいた。それから——

おれも横になり、あいつを抱きしめて、キスして——

「ボビー！」あいつは怒ってるみたいにも聞こえる笑い方をした。「ちょっと待って、待ってってば！」

「ジ、ジョージー。な、なん、なん——」

「ねえってば、ボビー。あたし怒るわよ！　ちょっ——ね、ボビー！　待って。それじゃ——それじゃ無理……ボビー！」

てことで、おれたちはした。そのとき、あいつは怒ってなかった。そのあとで怒りだしたんだ。ちょっと見てよ、こんな血だらけになっちゃって、家に帰れないじゃない、あなたのせいよ、あなたがやったってお母さんに言うから、と言った。

「ごめん、ジョージー。そんなつもりなかったんだ。何べん言ったらわかるんだよ」

「そんなこと言っても駄目よ。あなたのせいなんだから」

「おれのせいにすんなよな。おれのこと誰にも言うんじゃないぞ」

「何言ってんのよ！　冗談じゃない。まさかあたしが全部自分がわるいなんて言うと思ってないよね」

なんか怖くなってきた。パパのことを考えた。ジャック・エドルマンが大騒ぎしたときのことを思い出した。今度こそ、ほんとに大騒ぎになることが起きたんだ。あのときの騒ぎ方がああなら、今度はどんな騒ぎ方をするだろう。

「川で洗ってきてやるよ。それでいいだろ、ジョージー」

「ふん！」ジョージーはぱっと身を離した。「冷たい水で、石鹼もなしで洗ったって落ちないよ！」

「じゃあ、それじゃあ──えっと──えっと──」

「何よ。言ってみなさいよ。言いたいことがあるんなら！」

「いま言おうとしてんじゃないか。なんだと思ってんだ。ちょっと黙ってろ。いま言うから」

「さっさと言ってよ。それと黙ってろとか偉そうに言わないでよね、ボビー・タルバート君！」

「じゃあ──こうしたらどうだ。この崖の上にのぼって、繁みの陰から家のようすを見て、おまえのママが誰かと表で話してるすきに裏口からはいって、着替えるんだ」

「この服はどうするのよ」ジョージーはそう言ったあと、こうつづけた。「そうか。それいけるかもね。この服にインクか何かぶっかけて、汚れ物のかごへいれとく。そしたら、うん、だいじょうぶかもしれない」

「そうしてくれるかい、ジョージー？」

「そうするかも」

「するって約束してくれ」

「するかもしれない。できたらね」

「だって、できるだろ！　おれがやり方を言ったんだから。おまえもやれるって言ったんだから。なんで〝するかも〟なんだよ」

ジョージーは肩をすくめた。おれを横目で見た。あいつがやるのはわかってた。やるしかないからだ。それはあいつもわかってる。だったら、なぜやるって言わない？

あいつは怒ってたんだと思う。服のことだけじゃなくて。そのときのおれと同じような気分だったんだろう。腹が立って意地悪な気持ちになって、うんざりして、みじめな気分だったんだ。ほんとに変なことだけど、ほんの二、三分たつだけで気分が正反対になったりするんだ。おれもあいつと同じようにみじめな気分だった。ただあいつみたいにふるまえなかっただけだ。おれはあいつに約束してくれと一生懸命頼みこんだ。

「こっちを見ろよ、ジョージー。おれだって服に血がついてるだろ。でもおれは怒ってないぞ。そのことでおまえを責める気はないんだぞ」

「何言ってんの。男はまた別よ。とにかく全部あなたのせいなんだから。怒る権利なんてないのよ！」

「なあ――さっき言ったようにしてくれるよな。どうなんだ、ジョージー」

「言ったでしょ。するって。するかもしれないって」

「かもしれないじゃ駄目だ！　約束してくれ」

「かもしれないって言ってんだから、かもしれない。それだけよ」

ジョージーはまた横目でおれを見た。おれに意地悪してるだけだ。意地悪せずにはいられないんだ、ちくしょう。だけど、もしおれの言ったとおりにしなかったら？　このいかれた女は何するかわかったもんじゃない。

おれはいっそう怖くなった。怖いだけじゃなく、腹が立ってきた。両肩をぱっとつかんでジョージーを揺さぶった。

「おいふざけんな！　ちくしょう。約束しろ。約束しないと――しないと――」

「ふん、どうするってのよ」

「どうするかいまにわかる。約束するか？　約束しろ！」

「あなたの言うとおりするかもしれない。それは約束する。かもしれない。かもしれない。かもしれない。かもしれない。かも――あっ、ボビー！　やめて……」

6 ドナルド・スカイスミス

それはスター紙の四半期決算報告書が出た翌朝のことだった。報告書の内容はじつにすばらしかった。販売部数は前の四半期より三万部、広告は四万三千行増加していた。こんないい報告が出た翌日だから、まさか大尉にどやされるとは思っていなかった。だがわたしがオフィスに着いたときには、発行人である大尉がもう電話をかけてきていた。それは褒め言葉の花束でわたしを祝福するための電話ではなかった。

大尉が交換手と何か話していた。わたしは自分の机で受話器をとって、もしもしと言った。

「きみは自信を持って言えるのかね、お嬢さん? うちにはまだ主筆がいると。スカイスミス君がまだいると」

「ええ、いらっしゃいます」交換手は含み笑いをした。「もう――てぃひ――電話に出てらっしゃいますわ」

この阿呆でまぬけな雌犬! ただの冗談のつもりらしい。だがいまにわからせてやる。これはわたしに対するれっきとした愚弄だと。いまに思い知らせてやる。

「それはたしかなのか。誰かがスカイスミス君になりすまそうとしているのではないかね。主筆としての資格を全部持っている人物なのかね」

「いえ。じゃなくて、はい。まちがいなく――ひひひ……」

まったく頭にくるくそ雌犬だ！　これからわたしがいたぶられるのを面白がって笑っている。そんなことをしてただですむと思っている。あのひからびた、ろくでもない、くそ野郎のファシストじじいからいたぶられるのをわたしが我慢するからといって、会社中の従業員から馬鹿にされるのも我慢すると思っているのだ。

わたしは机の上の記事の切り抜きをすばやくあらためた。ライバル各紙の記事とうちの記事の切り抜きだ。何も問題があるようには見えない。他紙がとりあげているネタは全部押さえてあるし、質でも量でもうちが勝っている。

「きみがたしかだというならいいだろう、お嬢さん。ドン、今朝の調子はどうかね」

調子はどうかって？　どうだと思うんだ。「上々です」とわたしは答えた。この時点で交換手は回線から離脱した。「あなたはいかがです」

「絶好調だ。山の空気ほどいいものはないな、ドン。きみもそのうち来るといい」

「ありがとうございます。ぜひそのうち」わたしは目をつぶり、ああ、このくそ野郎、ほんとにおれも山でのんびりしたいよと思った。

くそじじいの豪華な山荘を目に浮かべ、寝室へこっそり忍びこむところを想像した。部屋には三メートル半四方の巨大なベッドがある。ベッドはテレタイプの紙テープで埋めつくされているが、それを掘っていくと、ミシシッピ川から西に住む売春婦がひとり残らず発見できるはずだ。わたしは売女どもなどに用はない。全員まとめて丸焼きにしてやる。「朗報がありますよ、大尉」とわたしは言った。ガソリンをザバザバかけて、マッチをすって――

「ドン、テディのことがとても心配なんだが、どうしてるかね」と大尉が言う。

「あ――」わたしは強く閉じた目をひらき、食いしばった歯をゆるめた。「ああ、いや、だいじょうぶだと思いますよ、ええ。医者はあまりはっきりしたことは言わないですが、悪いところは左胸だけだと見ているようです。まあ当面は様子見というところですね」

「おそろしいことだ」大尉は舌打ちした。「あんなに若くて美しいのに。ほんとにおそろしいことだ」

この野郎！　このくそ野郎！

「はい。彼女はとても苦しんでいます」

「おそろしいことだ」大尉はまだ言う。「まだ小さい子供がいる場合はよけいに辛いだろうな」

淫売買い野郎、エロじじい！　ほら、まぐわれよ。その売女をコチョコチョしろよ。だがな、そのうち別荘をはでに燃やしてやるぞ！　特大級の火事を……

「しかしまあ、まだ状況はましかもしれんな。きみは少なくともできるだけのことをしていると納得できているだろう。優秀な医療スタッフに至れり尽くせりの看護。じつにありがたいことじゃないか。ちがうかね、ドン」

「ええ、おっしゃるとおりです。テディもわたしもとても感謝しています」

「テディはすばらしい女性だ。きれいで、我慢強くて、勇気がある。彼女がいなかったらお子さんたちは途方にくれるだろう」

この怪物め、まぬけめ、人でなしのくそ野郎め。これ以上そういうことを言ってみろ！　手を電話線にもぐりこませ、そっちの受話器から出して、おまえの首を絞めてやる！

「きみの給料はいまいくらだ、ドン。二万五千くらいかね」

「二万二千五百です」

「それじゃ足りんだろう。全然足りんだろう、ドン。かりにわしにテディみたいな人がいたら、自分を頼りにしている家族がいたら……何か言ったか、ドン？」

「え、いいえ。あの——ただの咳です」

「三万五千くらいは稼がんといかんのじゃないか、ドン。いまのままじゃテディが気の毒だ。そりゃきみは精一杯やってると言うだろうが、それが精一杯かどうかはわからんぞ。あらゆることを試すということをまだしてないかもしれん。いまより一万二千五百増えて三万五千になったらいいと思わないか。テディがよくなって、子供たちのもとに母親が帰ってくるかもしれんし……うん？　何か言ったかね」

「いいえ。何も」

大尉はしばらく黙っていた。わたしはそっと机の引き出しをあけて、バーボンの瓶の栓をはずし、大きくひと口飲んだ。

「気分はよくなったかね」大尉が言った。「きみにしてもらいたいことがあるんだ。窓のところへ行って外に首を突き出してくれ」

「はあ」

ほらほら。いよいよ始まるぞ。わたしは窓辺へ行って首を突き出した。そう。言われたとおりにしたということだ。しなかったら大尉にはわかる。わたしが酒を飲んだのがわかったように、大尉にはなんでもわかる。下等な動物が持っているケダモノの直感のおかげもあるが、それだけじゃない。大尉に雇われている人間のうち、新聞の仕事をしているのはごく一部にすぎない。残りはスパイだ。大尉のスパイはなんでもかんでも嗅ぎつけるのだ。

何年も前、当時の主筆が大尉に外でコーヒーを飲んでこいと命令された。何かヘマをしたので叱りつけられたあとだった。主筆はレストランへ行ったが、コーヒーは好きじゃなかったらしく、ミルクを注文した。戻ってきてまた受話器をとると、大尉に馘を宣告された。スパイがあとをつけてきて、主筆がミルクを飲んだ瞬間、解雇が決まったのだ。

この腐りきったゲスのくそ野――

わたしは受話器をとりあげて、「戻りました」と言った。

「よし。いま雨が降っているかね」

「いえ。降っていません」

「よろしい。わしがつかんでいる情報と一致する。おおいに安心したよ、ドン。きみはいま雨が降っているかどうかもわからない男じゃないかと心配になっていたんだ」

「はい」

このくそ馬鹿め。何寝言を言っているんだ。こっちはニュースデスクや電信記事デスクや市内部デスクと相談して紙面構成を考えなくちゃいけないんだ。わたしは時計をちらりと見た。くそ！　正午まであと二十分しかない。二十分以内に紙面構成を考えないと、植字部が残業、印刷部も残業、配送部も残業――残業！　残業！　くそうるさい組合の連中がまた騒ぐ――そして新聞の売り出しが遅れ――

もう殺す！　大尉を殺す！　夜中にあの城みたいな山荘に忍びこんで、やつが紙テープと売女どもに埋もれているベッドにガソリンをまき、マッチを――台所用の大型マッチを――ジュバッとすって、焼き殺してやる！　やつを焼き殺して――

「きのうの最終版に載った記事のことだがね。ほら、案内広告欄のそばにたった八行の記事があったろう」

「はい。それが何か」まったく馬鹿か。あれがいい記事ならもっとでかでか載せてるよ。

「ケントン・ヒルズ地区で起きた強姦殺人事件。被害者は十四歳の少女。扱い方をまちがえたな、ドン。一面に載せるか、見開きページに端から端までの横断見出しとたっぷりのイラストをつけて載せるかすべきだった」

「や、しかし、大尉——」わたしは受話器を耳から離して送話口を見つめた。やつは狂っている。「あれはまだ何も——少なくともいまの段階では何も——そこまでの扱いをするだけの——」

「きみはそう思うのかね」

「いや、もちろんわたしの判断がまちがっているかもしれません。ですが事実関係がまだ充分明らかになっていないんです。郡庁舎番の記者が地区検事に取材しましたが、そのときの感触だと——」

「その記者の考えを変えてやったらどうだ、ドン。そいつの足もとに火をつけてやるんだ。マッチを何本かそいつのほうへ投げて。言ってる意味はわかるだろう」

「ああ、いや——」

「捕まった少年はいまどうしている。タルバートとかいったかな」

「とりあえずもうすぐ釈放されるようです。被害者の少女と親密な関係を持ったことは認めていますが、絶対にレイプじゃないと言っています。被害者の両親を含めて、周囲の人はみんな、その少女は男好きだと言ってまして。男なら誰でも追いかけまわしてたそうです。少年のほうはその子をできるだけ避けるようにしていたようで――」

「しかし親密な関係を持ったのだろう」

「ええ、今回一回だけは。しかし少女が絞殺されたときには何キロも離れたところにいました。正直言って――」

「少年は自分が何キロも離れたところにいたことを証明できるのか」

「それは――できないかもしれません。確実なアリバイがないんです。ただ週に何度かゴルフ場へ行くことはわかっています。どういう少年かもわかっています――性格なんかはですね――少女のほうもです。いまのところ地区検事は少年が本当のことを言っていると考えているようですね。少年は関係を持ったあとゴルフ場に向かった。少女はしばらく谷間にいて、自分の家にそっとはいって服を着替えられるチャンスをうかがっていたようです。そこへ誰かが来て、少女を見つけた――死亡推定時刻は正午ごろ――そして――」

「その誰かという謎の人物は誰なんだ。地区検事は少年以外に容疑者をつかんでいるのかね」

「いまのところ、それはないようです。当局は渡り労働者《ホーボー》かもしれないと考えてます。

只乗りしていた列車が鉄橋の手前で減速したとき飛びおりたんじゃないかと。あの谷間にはけっこう来るらしいですよ。水が飲めるし、林に姿を隠せるし——」

「しかし地区検事は誰も逮捕していないんだろう? タルバートという少年以外に容疑者はいないし、ほかに現われそうもないんだろう?」

「それは——」

「われわれはいいストーリーを逃したんだよ、ドン。公衆への義務を怠ってしまった。この事件に関してはなんの事実も報道できていないじゃないか。公衆に事実を提示できていない。その少年について何がわかっているんだ? それはどういう家庭の、どういう性格の子だ? どういうことをやりそうな子、あるいはやりそうにない子なんだ? 地区検事がきちんと職務を果たしているかどうかもわからない。彼がお人好しで無能な人物でないかどうかもわからない。そうだろう? ただ地区検事がこう言っているということしかわからない。われわれは読者からの信託に応えていないんだよ」

わたしは首をふった。おいおい、これは少年事件だろう。なんで証拠もなしにひとりの少年の人生を——

「殺人事件なんだぞ、ドン。強姦殺人事件だ。少年事件は報道規制がきつすぎる。そのことに警鐘を鳴らす必要がある。今回の事件は絶好の機会だ」

新聞を売る絶好の機会だと言いたいんだろう。おいしい要素がそろっているからな。

青い性、殺人、謎解き。ライバル各紙がまだ報道倫理を守っているあいだに——

「先に走りだすんだ、ドン。やつらが目を覚ましたときにはもう遅すぎる。われわれが読者をがっちりつかむんだ」

「はあ、しかし——」

ならいっそ少年を拉致して、国旗掲揚ポールで縛り首にしたらどうだ？　ビッグニュースになるし、そっちのほうが悪質だというわけでもないぞ。

「誤解するな。われわれが追求するのはありのままの事実だ。歪曲や誇張はいかん。その少年についてできるだけのことを調べろ。地区検事と警察がちゃんと職務を果たすかどうか監視する。それだけだ。われわれが事件を裁こうというんじゃない」

へえ、そうですか。われわれは何をやるって？　事実を追求して、泥を全部さらい出す？　事実をねじ曲げちゃいけない？　"事実"の追求と地区検事の監視——餓になりたくなきゃやれと。

「いいでしょう。わかりました」

「四半期の報告書を見たよ。かなりいいじゃないか」

「ありがとうございます。喜んでいただけると思っていました」

「ああ、よくやってる。給料が二万二千五百ドルの男にしてはな。テディによろしく伝えてくれ。彼女のためにできるだけのことをしてやれよ、ドン」

電話が切れた。

わたしも受話器を置いた。

時計をちらりと見てから、両手で額をぎゅっとつかんだ。くそ、これはあんまりだ。なんでこんな目に遭わなきゃいけない。

電話の受話器をひっつかみ、電話会議を招集して、ニュースデスク、電信記事デスク、市内部デスクに昼過ぎの仕事の指示を出した。それから市内部デスクのマック・ダドリーにはケツをこっちへ引きずってこいと命じた。そう、まさにいま言ったとおりの言葉を使ったのだ。

マックが部屋にはいってきて慎重にドアを閉めた。わたしは彼が椅子にすわりかけたとき、拳をあらんかぎりの力で机にたたきつけた。

マックは銃から発射される弾丸のような勢いで飛びあがった。

「なんだこのくそみたいな記事は！」わたしは怒鳴った。「それでも市内部デスクか。せっかくのおいしいネタをドブに捨てて。わたしがつきっきりで直してやらなきゃ駄目なのか！　もううんざりなんだよ。きみが寝ぼけながら仕事をするせいで、わたしが上からどやされて――」

「ちょっ、ちょっと待ってくださいよ、ドン――スカイスミスさん。おれが何を――」

電話が鳴った。

「ちょっと失礼するよ」わたしは受話器をとった。「はい、スカイスミスです」

「ドン」――また大尉だ――「きみの部下のことで口出ししたくはないのだが……」

「は、なんでしょう。なんなりとご意見をいただけるとありがたいと思っておりますが」

「さっきわしの電話を取り次いだ交換手、あの若い女性は、非常に聡明だという印象を受けた。彼女が夜勤にならなければいいと思うのだがね」

「はい。そうならないようにします」

あの交換手は早朝勤務につかせることにしよう。これであいつは午前三時にベッドから尻を引きずり出さなければならない。あの泥のつまったズダ袋を尻と呼べればの話だが。

「彼女は現在のシフトにとどめておいてもらいたいんだ。ああ、それと五ドルの昇給というのもいいかもしれん……むろん、きみさえよければだが」

「はい。すぐそのようにいたします」

あの女が地上最後の女だとしても、わたしなら何かしようとは思わない。五ドル減給して、人事部のせいにしよう。わたしが昇給を指示したのに人事部がまちがえたことにするのだ。

「彼女はわしに感謝の気持ちを伝えるのを恥ずかしがるかもしれん。だから手紙をもらえると嬉しいと伝えてくれ——愉しみに待っているとね」

「承知しました」

このろくでなしの、汚い、大馬鹿野郎の、くそたわけ——

7 ウィリアム・ウィリス

部屋にはいるとすぐにわかった。大尉が主筆のスカイスミスをどやしつけ、主筆が市内部デスクのダドリーをどやしつけたらしい。もうひとつすぐにわかったのは、今度はいま呼び出されたこのおれ、ウィリアム・ウィリスがやられる番だってことだ。

ダドリーが思いきりおれを睨みつけてきた。使い走りの小僧《コピーボーイ》として入社してから長年練習してきたとっておきのこわもて顔をしてみせた。スカイスミスは哀愁と厳格さのまじったまなざしをおれに向けている。

スカイスミスのやつはお笑い種だ。いつも『フロント・ページ』(訳注—新聞社を舞台とする一九二八年初演のブロードウェイ・ミュージカル。何度も映画化・テレビドラマ化された)の登場人物みたいに偉そうに指示を飛ばしまくるわりにはろくな成果をあげられない。この男のどこに見所があると大尉が思っているのか、さっぱりわからないんだ。言っとくけど悪い男じゃない。馬鹿のくせに早く出世しすぎただけの話だ。

おれはスカイスミスに愛想よくお早うございますと挨拶した。ダドリーにはウィンクと微笑みをくれてやった。ダドリーは咳払いをし、顎によだれをひと筋たらした。それを急いで拭いて、目の光を五百ワット増しにした。

「おまえに特集記事《ストーリー》をひとつ任そうと思うんだが、どうだ、やれるか」ダドリーがおれに吠えるように言った。

「どうっすかね。ヒラの記者に特集記事を任せるのは珍しくないですか」

「この野郎、そういうくそ小賢しい口をきいてると——」

「ああ、ちょっと」おれは片手をあげた。「ちょっと待った、ダドリーさん。組合とスター紙の労働協約から引用しますよ。管理職が野卑な言葉づかいをした場合についての条項ですがね——」

「労働協約なんぞくそ食らえだ！」ダドリーはスカイスミスのほうを見て、震える指をおれに突きつけた。「ドン、この野郎をなんとかしてくださいよ！　こいつのせいで職場の士気はさがりっぱなしだ。おれが何か言うと——命令を出そうとすると——こいつが——」

そこでぐっと詰まり、また顎によだれをたらした。しかたがないからやつの言いたいことの続きをおれが言おう。ダドリーはもう癇癪を起こしたいときに癇癪を起こすことができなくなった。理由がないと人を馘にできなくなった。それはおれがスター紙に組合をつくって職場代表になったからなのだ。

「労働協約のことはいいよ、ビル」スカイスミスはおれに言った。「それはみんな知っている。だからその件は措いておこう。それからマック、きみはビルにかまうな。まったく」――額をごしごしこする――「ここは新聞社だ。幼稚園じゃない。正直、理解に苦しむよ！　考えることは誰かを攻撃するとか、仕返しをするとか、そんなことばかり。くだらない喧嘩ばかりして！　そういうのはやめろ。わかるか？　まったくもう――」

「すみません」おれは言った。実際、スカイスミスが気の毒になった。この男を見ていると気の毒にならずにいられない。「で、それはどういう特集記事なんです」

「おれとビルは別に喧嘩してるわけじゃなくて」ダドリーががらがら声でいう。「ふざけてただけですよ」

「よしいいだろう」スカイスミスは言った。「じつはきのうの夕方起きたケントン・ヒルズの強姦殺人事件の特集記事なんだ。なかのほうに出てた、ちっぽけな記事を見なかったかな」

おれは首をふった。「いや、覚えてないな……あ、ちょっと待った。もしかして、あの少年事件ですか。あの――」

「殺人事件だ」スカイスミスは力をこめた。「強姦と殺人の事件だ」

「うーん、おれが馬鹿なのかもしれないけど——まあまあ、マック！——おれが馬鹿なのかもしれないけど、あれ特集記事になりますかね。被害者は十四歳の少女、容疑者は十五歳の少年。いいネタがあっても印刷できることはあまりない気が——」

「事実を書くんだ」スカイスミスは言う。「事実は印刷できる」

おれはスカイスミスを見た。おれの眉毛は五センチほど吊りあがっていたにちがいない。「どんな大義名分でその事実を暴くんです。どんな口実をつけて報道倫理をかなぐり捨てるんです。大人の変質者が少女を殺して逮捕されたんならわかりますよ。だけど少年と少女がちちくりあって……」

言葉が尻切れとんぼになった。一分ほどもたってから、おれは言った。「まさか！ 冗談でしょ。まさかその少年が殺したと……」

「それのどこがおかしいんだ」スカイスミスはおれを見ようとしない。「少年は関係を持ったんだろう。被害者が殺された現場にある時点でいたんだろう。そして殺されたときにその場所にいなかったと証明できていないんだろう。ゴルフ場に向かったと当人は言っているが、ゴルフ場へは到着していない。四、五百メートル手前で、プレーヤーが少なく、キャディが多すぎるのを見て――」

「それは知ってますよ」おれは言った。「記者クラブでもそんなことを議論してますしね。地区検事もその事実は知ってるけど、少年を起訴するだけの充分な根拠がないと思ってるみたいですよ」

「馬鹿！」――スカイスミスは机をバンとたたいた。「少年が有罪だとは言っちゃいない。しかしすべての事実を知らないうちは何も判断できないだろう。われわれはその少年について何も知らない。どんな家庭で育ったのか。周囲の人たちは――その少年が――正直な子かどうかについてどう見ているのか。近所の人や遊び友達や学校の先生はその子のことをどう思っているのか。いまのわれわれには伝聞証拠しかない。あの能無しの地区検事が言っていることで判断するしかない。あの男がまぬけなくそ野郎だってことはきみも知っているだろう、ビル。きっとあの男はいまでもクリスマス・イヴに靴下を吊るしているにちがいないよ」

「それはどうですかね」おれは言った。「かなり有能な男だと前から思ってますけどね。もちろん公務員にしてはってことだけど」

「おれの考えを言うぞ」マック・ダドリーが言った。「この件を本格的に調べるんだ

――ドンが言うように事実を集めて地区検事を焚きつける。少年はきっとゲロするよ。可哀想な女の子を犯して、それから口封じのために殺したってことを白状するさ」

「その意見には完全に賛成だ」おれは言った。「きっとそうなると思うよ、マック。それから、こういうこともありうると思う。スター紙があんたを犯人扱いして地区検事を焚きつけたら、あんたは犯行を自白するだろう。で、気を悪くしないでほしいんだが、きのうの正午ごろはどこにいた?」

「おい、ビル。頼むから――」とスカイスミス。

「やりたくないのか、特集記事」ダドリーが刺々しくいう。「ほら! やりたくないならそう言えよ!」

「それよりもっといい仕事があるんじゃないですか」とおれ。「小便の便器を掃除するとかね。そのほうが清潔な仕事だ。おれはあんまり経験がないんだが、力はあるし、学ぶ意欲はありますよ」

「こいつは拒否するそうです」とダドリーは言った。「第六条b項、記者が編集者の命令を拒否したときは――」

「うるさい!」スカイスミスは怒鳴った。「黙れ!……いいか、ビル。これはまっとうな特集記事だ。報道界の従来の慣例には反するかもしれないが、何も——その——本質的におかしい点はないんだ。ただ事実を追求するだけで、歪曲も誇張もしない。地区検事に綿密な捜査を求めるだけだ。良識に反してはいないだろう？　何も悪いことはないだろう？」

おれは肩をすくめた。「まあ、そうですかね」

スカイスミスはまた額をこすりながら目を強くつぶった。それから目をひらき、前に身を乗り出した。「とにかくこれでいく」声は安定しているが、底流に震えがあった。「きみは優秀な記者だ。きみにやってもらいたいと思う。だがきみが拒否してもこれはやる。優秀な記者はほかにもいるからな。彼らはトラブルメーカーじゃない。仕事で忙しいから組合活動なんかやらない。さあどうする」

「全米労働関係委員会《NLRB》に訴え出ましょうかね。組合活動を理由に不利益な取り扱いをしたと。でもあなたはおれが嘘をついてると言うんでしょうね」

「そのとおりだ」スカイスミスは落ち着き払ってうなずく。「だがこの仕事にきみを指名するのはきみが最適任だと思うからだよ。これは本気で言ってるんだ。きみは優秀な記者だから失いたくない。組合活動をしていることは、この件に関してはまったく影響しないよ」

おれは漫然とうなずきながら煙草に火をつけて時間稼ぎをした。おれがやらないなら誰かがやる、と。それはまちがいない。大尉が蛙になれと叫べば、みんなぴょんぴょん跳ねるしかないんだ。それにこれはいいストーリーになる。とんでもなくいいストーリーになる！　青い性、殺人、謎解き《ミステリー》。そう、刺激があるし、人間的興味もかきたてる！　大尉のご意向だろう。こういうことはあの堕落しきったじじいの独壇場だ。じじいは蛆虫ほどにも節操がないが、どういう記事がウケるかを知っている。新聞の売り方を知っている。

「どうなんだ、ビル」

「いいストーリーになりますね」おれは言った。「もっとも、品性をかなぐり捨てりゃ、どんなネタでもいいストーリーに――」

「無駄口はいい。イエスかノーか」

ふん。まあイエスと答えるしかないだろう。ノーの返事で手にはいるのは暇な時間――退職金なしの暇な時間だけだ。それでもイエスと言うのは嫌だった。おれがそう言わざるをえないとやつらが思っているという理由だけでも嫌だ。おれは顎で使われるのが嫌いだ。それ以上に嫌いなことがあるとすれば、顎で使われることぐらいしかない。頭の古いダドリーや偉ぶったスカイスミスに無理強いされて何かするなんて、おれの沽《こ》券《けん》にかかわる。

ここは何か考えなくちゃいけない。この仕事は引き受けるしかないが、何かしっぺ返しをする方法があるはずだ。ちがうか？　そうだろう？　さあ頭をフル回転させろ、ウィリス君。

おれは頭をフル回転させた。するととびきりの名案が浮かんだ。おれは降参だという溜め息をついた。大きく、これみよがしに。それから、喜んでやりますよと答えた。

「これはおれだけに任せてくれるんでしょうね。ほかに三、四人いて、おれのやることを修正したり、先回りして何かしたりしないでしょうね」

「このストーリーはおまえのもんだ」ダドリーがにやりと笑う。「おまえだけのもんだ。ページごとに署名がはいる。ですよね、ドン？」

スカイスミスはダドリーにしかめ面を見せてからおれに言った。「きみのストーリーだ。もちろん誰かにサイドストーリーを書かせるかもしれない――そっちの手配はきみに任せるぞ、マック――しかしメインのストーリーはきみがひとりでやるんだ」

「ならオーケーです」とおれは言った。

「ライバル社の記者に出くわしたら気をつけろ。こっちの方針を知ったら、ぱっと前に飛び出すからな。今日のうちにじっくり仕込んで、明日思いきりぶちかませ。やつらは何事が起きたかと大騒ぎするが、そのときはもう手遅れだ」

「いいですね。で、地区検事はどうします。今日、カンチョーをかましますか」

「ああ――いや」スカイスミスは迷った。「いや、記事でカンチョーするんだ。まずは眠らせておくほうが報道に説得力が出る。公僕が怠けているからスター紙がかわりに仕事をやっているとアピールするんだ。ケツを思いきり焼いてやったら、飛びあがって火を消そうとするはずだ」

「わかりました。ただちょっと心配なことがあるんです、ドン。あなたがもうこれを考えてるかどうかわからないが……」

「なんだね」スカイスミスは征服者の被征服者に対する鷹揚な笑みを向けてきた。

「この賭けが裏目に出る危険はないですかね。そうとう荒っぽいやり方ですよ。大きな新聞社が十五歳の少年を標的に全力でぶつかっていくってのは。公衆が好まないかもしれない」

「ふむ」——スカイスミスはかすかに眉をひそめた——「ふむ」肩をすくめた。「もちろん、その辺は慎重な判断が必要だ。やりすぎてはいけない。だがその部分はわたしに任せてくれ。きみは、これは欠かせないと思うことをすべて盛りこんで記事を書く。わたしがそれをチェックする。必要だと判断すればトーンダウンするよ」

そうはいくか、ドナルドさんよ、これはおれのストーリーなんだ。「じゃ、これで決まりですね。いちいち電話で報告なんてしませんよ。事実を集めて、記事を書く。それだけだ」

「それでいい。締め切りに遅れないよう気をつけてもらいたいが、その範囲内でめいっぱい時間を使ってくれ。マックとわたしは待っているよ」

おれはうなずき、椅子から立った。スカイスミスも立ちあがり、さっと手を突き出してきた。さっきも言ったとおり、こいつは悪いやつじゃない。まぬけではあるけどね。ただおれを顎で使おうとする。おれは顎で使われるのが嫌いなんだ。

「じゃ頼んだぞ」とスカイスミスは言った。「うまくやってくれたらボーナスをはずむかもしれない」

「これがやれて嬉しいです。ボーナスなんて期待しちゃいませんよ、ドン」

おれは机の上から原稿用紙を何枚かとって、カメラマンを誘いにいった。それから郡庁舎へ行って、地区検事とふたりだけで話した。おれはスター紙があんたをちょっと驚かせるような記事を載せるつもりでいると教えた。

地区検事はえらく怒り、当然のことだが、不安がった。だが同時に、それを知らせたおれにとても感謝した。

8　ウィリアム・ウィリス

ロバート・タルバート少年は留置場にいるのではなかった。地区検事のオフィスとドアでつながっている証人室がふたつあり、その片方に少年がいて、もう片方に中年女性の看守がいた。

地区検事は看守に、一時間ほど外の空気を吸ってくるように言った。それからおれとカメラマンを少年に紹介し、おれたち三人を残して、自分はオフィスに戻った。

少年は、おれがいままでに見たティーンエイジの少年の多くとあまり変わらなかった。警戒心でぎらついてるわけじゃない。ふてくされてるわけじゃない。何か諦めたような、それでも漠然と希望をつないでいるような、そんな感じだった。自分には良いことなんて起きるはずがないけど、起きてくれたら嬉しいし、そういう幸運に恵まれる資格はあると思っているといったふうだった。

おれが十代だったころは、誰もこんな感じじゃなかった。きっと時代のせいなんだろう。いまの時代は、生きるということの戦いのなかで、生きる理由が失われているんだ。

少年はおれとカメラマンの顔を交互に見た。用心深く微笑もうとしていたが、笑顔と言えるほどじゃなかった。しかめ面にすぐ変わってしまいそうな微笑みだった。

「い、家に帰れると思ってた。帰してやるって言われたから」

「だいじょうぶ、帰してもらえるよ、ボブ」おれは言った。「その前にちょっと話を聞かせてくれるかな。きみにはその義務はないんだ。でも話を聞いてこないとおれは上の人から雷を落とされるんだよね」

「話って……」少年は靴底を床にこすりつけた。「なんの話が聞きたいの？　もう全部話したんだけど」

「でもおれには話してくれてないだろ。さあ急ごう——煙草いるかい？——急がないと話を聞かないうちにきみはここを出されちゃうからさ」

少年が煙草を受けとり、三人とも椅子にすわった。少年はこちらから水を向けなくても自分から話しだした。おれは途中で時間をさかのぼったり先に進めたりして質問をはさんだ。話の真ん中あたりから発端へ戻したり、終盤から真ん中へ戻したりした。少年はつまずかなかった。いつも同じ話を再現した。

少年は谷間で川を渡ろうとして足が濡れてしまい、乾かしているあいだに少女が現われた。ふたりはしばらくいちゃついたあと、ことに及んだ。少女は服が血で汚れたのを少年のせいにした。少年は少女に、このことを少女の母親に話さないでくれと頼んだ。少女はつむじを曲げ、少年をやきもきさせようと、曖昧なことを言いつづけた。少年は怒って少女の体を揺さぶった。少女は誰にも言わないと約束し、それで少年はゴルフ場へ……

「ちょっと待った、ボブ」おれはさえぎった。「どうやって揺さぶったんだ。ちょっと立ってやってみてくれないか」

ボブは腰をあげ、両手を突き出した。何かをつかんでいるように指を曲げる。おれはカメラマンにうなずきかけた。カメラマンは少年の前でしゃがみ、あおりで撮影した。知っているかもしれないが、そういう撮り方をすると、いかにも悪そうな感じに写るものだ。くわえ煙草で、鉤爪みたいな両手を宙に持ちあげている。凶悪殺人少年ボブの一丁あがりだ。

少年が立っているあいだに、さらにいくつかおいしいポーズをとらせ、それからすわらせて、インタビューに戻った。

「じゃ、ちょっと確認させてくれ、ボブ。きみは谷間の遠く離れたところにあるゴルフ場のほうへ向かっていった。森を抜けて、野原を越えて、また森を抜けて。だいたい六キロくらい歩いたそうだが、そのあいだ誰にも会わなかったのかい？　向こうから来る人とか、同じ方向へ歩いている人とか」

「いや、誰もいなかったと思う。いたかもしれないけど、気がつかなかった」

「それからきみはゴルフ場を見おろせる、ちょっと高い場所に来た。ゴルフ場まで四、五百メートルのところだ。そこできみはもう行っても意味はないと思った。それでその場にすわりこんで、三時間以上ひとりで何もしないでいたというんだが、なぜなんだ、ボブ。なぜ家に帰らなかった」

「だから言ったじゃないか」ボブは苛立たしげに顔をしかめた。「もう六回ほど同じことを言ってるんだ。家には帰れなかったって。学校へ行ってることになってんだから、学校が終わる時間までは帰れなかったんだよ」

「ああ、そりゃそうだな。で、誰もそこにいるきみを見なかったんだね？　近くには道も家もなかったと」

「誰かが見たか、見なかったか、そんなの知らないよ。おれは誰も見なかったと言ってるんだ」

「なるほど」おれはうなずいた。「おれは記憶力が悪くてね。そこはひとつ勘弁してくれ。同じことばかり訊いてすまないが、この記事がちゃんと書けないと馘になるかもしれないんだよ」

「訊いてもいいよ」ボブはしぶしぶ言った。

「あのジョージーって女の子ね。きみはあの子が何回か性行為をした経験があるのを知っていた。で、きみとは一回だけだった。そうだよね？　あのとき一回だけ――」

「そうだよ！　何べん言わせるんだ」

「もう一回したいと思った？　彼女に頼んだ？」

「初めからしたいなんて思わなかったんだ！　でも、結局しちゃったけど。あいつが、あいつが――」

「きみがもう一回しようとしたら、彼女はどうしたと思う？　怒ったかな」

「かもしれない。わかんないよ。それがどうしたんだい」ボブは目をこすった。「あい――あいつのことは、話したくない。昔からの友達で、毎日のように会ってた子があんなことになったら、どんな気分になると思う？　ち、ちょっといかれてると思ってるその友達が、しょっちゅうまとわりついてきて、う、うるさいなと思ってたのに――」

ボブは喉を詰まらせ、顔をそむけた。「あ、あいつは、い、いいやつだった。お、おれとジョージーは、ずっと仲がよかったんだ」

「そうだね。わかるわかる。それでボブ、例のさ……」

おれはもう一度初めからおさらいをした。ボブは前の話をカーボンで写したような話をした。それが当然なんだろうか。それともちょっと不自然なんだろうか。かりに本当のことを話しているとしても、ときどき細かいところが変わるものじゃないだろうか。

なのにまるで暗記したものを唱えているみたいだ。

「あといくつか質問があるんだけど……せっかくゴルフ場のすぐ近くまで行ったのに、あそこへ行かなかったのはなぜなんだ。どのみち――」

「それももう何べんも話しただろ！　行ったって無駄だったからだよ！　あそこから駐車場とキャディの詰め所が見えたんだ。行っても駄目だって――仕事はないってわかったんだ」

「ほんとに駄目かはわからないだろう。行くだけ行っても損はないじゃないか。冷たい飲み物が飲めるだろうし、家に帰る時間を待つあいだ同じ年ごろの子たちとだべっていられるだろう」

ボブは何か迷うように唇をなめた。話の太い幹の部分は率直に話すのだ。少女とのあいだで何があったかというようなことは。ところが付随的なこと——枝葉のところになると、何かが気になるらしい。

「いや、だから飲み物なんて欲しくなかったし。別にだべりたくもなかったんだ」

「ズボンに血がついてたんだよね。そのことを訊かれると思ったのかい」

「思ったよ！　それもあるかもしんない。たぶんそうだ」

「きみはゴルフ場へ行こうとする前に血に気づいたはずだよね——」

「そうだよ！　そう言っただろ」

「それを人に見られたくないなら、なんでわざわざ少し手前まで——」

「だってどっかへ行かなくちゃいけないだろ。それに人に見られたくなかったなんて言ってないよ！　そりゃ——見られたくなかったかもしれないけど。たぶん見られたくなかったんだけど。でも、もしゴルフ場へ行くのが無駄じゃなかったら、仕事がありそうだったら、ちゃんと——」

「そうか。わかるよ。ゴルフ場の四、五百メートル手前まで来たら、そこが見おろせて、キャディやプレーヤーが見えた。そうだね?」

「見えたけど、誰がいるなんてわかんないよ。なんか見た感じで――行っても無駄だってわかったんだ」

「じゃあ向こうから――誰かきみを見たかもしれないね。きみを知らなくてもさ――」

「だから見えないって! それも話したろ。こっちからは見えたけど、向こうからは見えないんだ」

「見られないようにしてたの?」

「そうだよ!」

「どうしてかな」

「だから言ってるじゃないか! む、向こうを見たら――行っても無駄なんだから行かなかったんだよ。向こうを見て――し、仕事はなさそうだってわかったんだから、い、行くはずないよ。まったくもう、何べんも説明したじゃないか――」

「ああ、わかるよ」

実際、わかった。論理的じゃないが、彼の身になって考えれば信じられた。筋は通っていた。少年は説明できないことを説明しようとしているのだ。どう考えたかではなく、どう感じたかを。そのかぎりではかなり説得力のある説明をしていた。おれは子供のとき、砂糖入れに塩を混ぜたことがあった。それも夕食のときに。紅茶に砂糖をいれるのはおれひとりだったから、塩入りの砂糖をスプーンですくっていれた。馬鹿じゃないかって？　そのとおりだ。いまから思えば馬鹿そのものだ。でもそのときは、なんかそうするのがいいと思ったんだ。なぜと訊かれても答えられなかったろうけど、そうしない理由がなかったというか。

もちろん、それとこれとはちがう。おれとこの少年とではちがいがある。この少年は、はきはき話をする。ある意味、素直すぎるほど素直に話す——いくつかの点ではそうだ——でもほかの点ではそうとも言えない。とにかく、ほとんどゴルフ場に着いていたのだから、もし——

「もう家に帰れるの？　さっき帰れるって言ったけど」

「ああ、帰れるさ」おれはカメラマンにうなずきかけて、腰をあげた。「検事さんに言っておくよ」

そう、同じじゃない。これはちがう。おれは自分を正当化しているだけだ。この少年が有罪ならいいと無意識のうちに願っているんだ。おれは偏りのない目で見られる立場にはなかった。おれはこの少年を棍棒がわりにして、スター紙への恨みをはらしたい。スター紙を思いきりぶん殴って、スカイスミスとダドリーをぎゃふんと言わせてやりたい。そうすることを正当化したいのだ。少年が有罪ならけっこうなことだ。無罪なら、よくない。ものすごくよくない。もしそうならおれは超音速ジェット機並みの悪党ってことになる。おれはゆっくりと飛ぶプロペラ機のつもりだった。そういう人物像にまず自分を合わせられていた。

引きあげる前にもう一度、地区検事と話した。少年について判断がつかないと言っておいた。あの子は正直に話しているように見えるけど、本当のところはわからないのだと。だから判断は控えたい。あれはまだ子供で、かりに有罪だとしても、自分で何をしているかわからずにしてしまったのだ。怖くなって、それで……

「わたしとしては」——地区検事はおれの顔を見ながら言った——「あの子の証言に全然納得していない。ゆうべひと晩考えたがね。今朝きみが来る前に、あの子にはうんと説明してもらわなくちゃいけないと思っていたんだ。とにかく処分を決めるのはわたしだからね。わたしはいままで人に指図されて決定をくだしたことはないし、今回初めてそれをするつもりもない。大衆を愉しませるために未成年者を犯罪者に仕立てるつもりは――」

「そりゃ当然だ。わかりますよ、クリント。あなたは真実を知りたいだけだ」

「そのとおりだ！」

「あの子を優しく扱ってやってくださいよ、クリント。あなたはそうすると思うけど、郡保安官事務所の連中のなかには――というのは、たぶんあなたは責任を分担して、刑事たちに尋問させることも――」

「そんなことをわざわざ頼まなくてもだいじょうぶだよ、ビル。囚人の虐待などわたしは一度もしたことがないし、誰にも許さないからな」

「よかった。じゃ、これで失礼しますが……あの、連絡をいただけますよね？　何かあったときは」

「だいじょうぶだ」地区検事はおれの手をしっかり握った。「きみのおかげで助かった。わたしは恩を忘れない」

……少年の担任教師の、ミス・ブランデージとかいう女は手ごわかった。〝公正な〟人なのだ。ケツを蹴飛ばしてやっても、怒るどころか、脊椎のゆがみを矯正してくれてありがとうと言うかもしれない。

ええ、ロバートはよくさぼります。でも男子はよくさぼる子が多いです。ええ、ときどきちょっと手に負えないときがありますが、精神的に不安定な年頃ですからね。たいていの子が反抗的です。そうならない子はほとんど見たことがないですね。ロバートはあまりいい精神状態にはなかったと思います。わたしは、家庭に何かあるかもしれないと――

「何かあるんですか」とおれは訊いた。

いや、わからないですね、と教師は言う。お母さんとは一度しか話したことがないし、お父さんには会ったこともありません。両親のことをよく知らないので意見を持ちようがないです。確かなのは、彼らがかなり昔から町に住んでいる一家で、評判がとてもいいということですね。あの家族は本当はとてもいい人たちだと思います。周囲とうまくやっている人たちです。ロバートも本当はとてもいい子で、周囲とうまくやっています。

ミス・ブランデージはおれと話すために廊下に出てきていたが、しょっちゅう教室に首を突っこんで生徒たちに注意をした。もっともそれはうまくいかなかった。あまりにも狭い教室にあまりにも大勢の生徒が詰めこまれているせいだ。おれのほうを向いたとたん、教室で騒ぎが始まるのだ。大声で叫んだり、チョークを投げたり、じゃれあったり。

おれは教師と話をつづけた。生徒たちはわめきつづけた。教師の笑みがこわばりはじめ、目にぎらりとした光がともった。声には調子はずれのバイオリンの演奏にあるような震えが高まってきた。喉に血管が浮き出てぴくぴく脈打った。教師はドアを蝶番から引きちぎらんばかりの勢いであけて生徒たちに怒鳴りつけた。

神経がびりびり震えているのがわかった。爆発寸前だった。おれに苛立ち、生徒たちに激怒していた。誰かに八つ当たりせずにはすまない状態だった。その誰かに誰が選ばれるかは予想がついた。

爆発が起きた。暗雲たちこめ、ボブ少年に非難の豪雨が降りそそいだ。さっきまでとは打って変わり、ボブは反抗的で、気難しく、協調性がない、憎むべき若者と化した。

「わたしは本当に公平に見ようとしているんです、ウィリスさん！　ロバートだけが悪いわけじゃないと思っています。でも……」

ミス・ブランデージがまだ荒れ狂っている最中に、おれとカメラマンは撤退した。

校長室に寄るつもりだったが、ふと、ここの校長がスター紙の悪者リストに載っていることを思い出した。ある教員研修会でスピーチをしたとき、大尉の神経を逆なでする発言をしたのだ。だからここの校長がかりにサラダボウルに乗って大西洋横断を果たしたとしても、スター紙系の新聞が彼の名前を掲載することはありえない。というわけで訪問はパスすることにした。

学校の向かいに軽食堂があった。経営者は、いまどきの若い者はみなトロッコに乗って地獄へまっしぐらに向かっていると信じている頭のおかしなじいさんだった。あいつらは年長者に敬意を払わない。しょっちゅうキャンデーバーやチューインガムを万引きする。五セントのコークでねばり、そのコークをあちこちにはねかけ、売り物の雑誌を片っ端から只読みする。どいつもこいつも、ひとり残らずろくでなしばかりだ、というのだ。

店主はロバート・タルバートがほかの少年より悪いとは言わなかった。少なくとも最初のうちは。だが最終的にはそこに到達した。あのタルバートはほんとに悪いやつだ、ワルどものリーダーだ。もっと早く刑務所にぶちこんでおくべきだった……

おれとカメラマンはタルバート家の住む界隈へおもむいた。一軒一軒、家を訪ねた。どこでも当たりが出たわけじゃなかったが、それでもけっこう収穫があった。ボブは生まれたときから十五年間、そこで暮らしてきた。ボブが小さかったころの時代は、どんな子供でも何かしら悪戯をしたものだ。もしかしたらボブは何もしなかったかもしれないが、していてもおかしくなかった。いずれにせよ何らかの悪さをしたと、いまでも近所の人から言われているだろう。

案の定……

窓ガラスが割られただの、ゴミ缶に火がつけられたの、歩道にチョークで汚い言葉が書かれたの。追いかけられた小さな女の子たちがいたし（「あたしたち何もしてないのに」）、バスルームの窓から誰かに覗かれた女がいたし（「いま考えてみると、やっぱりあれは……」）、ある夜、駅から自宅まであとをつけられたことがあって、絶対あの子だと断言した老嬢がいた。

ロバート・タルバートに関する友人、知人、近所の人たちの証言はもっとたくさんあったが、ここに書き記す必要はないだろう。どれもこういう場合に予想されるようなものばかりだからだ。おれが殺人の容疑で収監された場合、おれが少年時代を過ごした界隈で同じような聞き込みをすれば、同じような証言が得られるはずだ。

もうびっくりしてしまうが、ボブはありとあらゆる犯罪を犯してきたことになっていた。話を聞いたボブの友達や近所の人はひとりの例外もなく、最初からあれは不良だと知っていたと言った。ふるまいが変だというのだ。人の目をまっすぐ見ない（あるいはまっすぐ見すぎる）とか。喋りすぎる（あるいはほとんど喋らない）とか。ああ、あれが悪いやつなのはわかってたよ、いつもみんなを騙そうとしているのはね。じゃあなぜ何も手を打たなかったんですか、あの子は危ないと話題にしなかったんですか、と訊くと、いやあそれはさあ……

それはなんだというのか。

父親のタルバートはもちろん会社に出勤しなかった。夫人ともども家にいて、息子の釈放を一日中待っていた。おれが無期限に身柄を拘束されるようだと知らせると、夫人は激怒した。そうなるだろうとおれは確信していた。目にヒステリーの色が潜んでいるのが見えたし、早口すぎる甲高い声にヒステリーの響きが聞きとれたからだ。この女はもとからちょっと落ち着きがないのだろう。そんな女が閉経を迎えるとその効果が普通より激しく出る。

タルバートは妻を慰めようとした――彼自身が慰めを必要としているように見えたが――夫人のほうは夫を責めはじめた。あなたのせいよ！　あなたのせいでボビーはああなったのよ！　いつもあの子を小言攻めにしたり、叱りつけたり、からかったりして。まだちっちゃいころから大人なみに扱って。

「あなたのせい！　あなたのせいなのよ！　あ、あなたが――！」

タルバートはあたうかぎり耐えていた。それから反撃に出た。おまえがあの子のために温かい家庭をつくってやらないからだ。いつも遊びまわったり、近所の女と噂話に花を咲かせたりして、家のことを何もしないからだ。おまえは母親の務めを果たしてこなかったんだ。おまえがあんまり馬鹿だから、あの子は恥ずかしくて、友達を家に連れてきたことがない。だから友達とは外で遊ぶしかなくて、しかもたちの悪い友達とつきあうもんだから、当然――

カメラマンが夫妻の写真を撮りはじめた。ふたりはたちまち口を閉じた。恥ずかしくなり、怖くなったようだった。たぶん自分たちが喧嘩すれば息子の有罪を認めることになると気づいたのだろう。

タルバートがおれたちに出ていけと言った。本気らしいので、おれたちは家を出た。

数軒おいて隣のエドルマン夫妻を訪ねた。死んだ少女の両親だ。

ふたりは酒で悲しみを慰めていた。だいぶ飲んでいるらしく、いろいろ話してくれた。おかしなことに、というか少なくともおれにはおかしなことと思えたのだが、夫妻は少年を非難したがらなかった。なぜボビーにあんなことができたのかわからないというのだ。

もちろん、ほんとにしたのなら、あの子はそういう――

「でもおれはあの子がしたとは思いたくない」とエドルマンは言った。「なんだか信じられないんだ。言っとくが、別にあの子が好きだったわけじゃない。無口だし、笑うと肋骨が折れるとでも思ってるみたいに笑わない子だった。ただ……」

「わかります」おれは言った。「あの少年はあんなふうになるしかなかったのかもしれませんね。親御さんたちのことはよく知りませんが、子供をそういう性格にしてしまいそうな人たちじゃないですかね」

エドルマンの目が光った。もとから赤い大きな顔がさらに少し赤みを増した。「それは言えてるよ」とうなるような声で言った。「あの子のおやじはなんかこう無表情で、いい人だとは誰も言わない。根性が曲がってるんだ。気が短いし！　こないだも道で会って、ちょっと冗談を言ったら――この話をしたの覚えてるだろ、フェイ――あんときは殺されるかと思ったよ！」

「そうなのよ、ウィリスさん」フェイ・エドルマンは猛烈にうなずく。「ほんとにそういう人なの。それにあの子の母親！　完全にいかれてるってのはああいう人をいうんだわ。こっちが普通に何かしているでしょ、そしたらやってくるのよ――そいでひどいことするの！　思いっきり汚い言葉で、いかれたことを言うのよ！」

「たしかにあの女もいかれてるよ」エドルマンが言った。「南京虫なみにいかれてる。けど亭主にはとうてい及ばない。亭主はとち狂ってる。おまけに詐欺師だ。おれは前にある人に家を売った。たまたまその人はタルバートとも取り引きのあった人だったが、その人が言うには……」

　おれたちはそのあともう少し話した。というかエドルマン夫妻がだ。夫妻の結論はたぶん予想がつくだろう。

　ふたりはボブが犯人だと結論づけた。ボブは前にも被害者の少女を襲おうとしたことがあったし、ボブが殺人者になるかもしれない兆候はほかにもたくさんあったという。夫妻はだいぶ前からそうなりそうだと予想していた。だからあのろくでもない小僧は有罪だが、それ以上に有罪なのは親のほうだ。本当に責任があるのはあのふたりであって、ボブといっしょに罰を受けるべきだ、というのだ。

　おれとカメラマンはショッピングセンターで急いで聞き込みをした。それで取材は完了だった。カメラマンにはそれぞれの写真に三枚ずつ予備のプリントをつくるよう指示した。それからカメラマンと別れてアパートメントに帰った。

おれは原稿を書いた。というか、記事はほとんど自然にできあがっていた。原稿の写しは三部つくった。おれは原稿を最初から最後まで読み返した。

ちょっとしたものだった。いや、ほんとに。ザ・グラフィック紙（訳注―イギリスの絵入り週刊新聞。一八六九年～一九三二年）がつぶれてこのかた、こんな傑作な特集記事はなかったはずだ。スカイスミスはなんて言うだろう、と考えるとおかしくて、大声で笑った。それからもう一度記事を通読した。

あの少年……やれやれあの子にはとんでもなくひどい記事だ！　でも――おれは何もでっちあげてないよな？　誇張もしてないよな？　ああ、してないさ（とおれは自分で答えた）。

汚いネタはあった。おれはそれを掘った。かなり強引に掘った。でも誰かの頭に銃口をあてたりはしなかった。ただ話をして、相手に話をさせて、汚いネタを吐き出させただけだ。

おれは酒をグラスについだ。それを一気にあおって、さらに何杯か飲んだ。それからまた記事を読み返した。すると今回は今朝抱いた疑念が、嫌な予感が、ふくらみはじめた。証言した連中はみんな少年を有罪だと思っている。少年をいちばんよく知っている両親もだ。確たる証拠はない。ほとんどの少年にあてはまるかもしれない事実ばかりだ。それでも――いや、だからどうだというんだ。少年に有利な証言はなかったじゃないか。少年の無実を証明する事実はなかったじゃないか。

多くの人が少年について同じように感じていた。そしておれが話を聞いたとき、少年はものすごく胡散臭い態度を示した。ことのいきさつをあまりにもはっきり説明するのだ。ものすごく率直に話すのだが……何かそこに率直でないものがあるように感じられる。少女のことをあまり可哀想に思っていないようで、妙に面倒くさそうな、ふてくされた感じがする。それに……

まあ、どっちかというと有罪だというほうがありうるだろう。有罪だとは言わないが、無罪だと言うつもりもない。

おれは軽い食事を用意して、さらに何杯か酒を飲んだ。電話がしきりに鳴ったがほうっておいた。新聞社にいるダドリーかスカイスミスがどうなってるんだと思ってかけてきたのだろう。おれはまだ報告をするつもりはない。それにはいくつか理由がある。

メッセンジャーが写真を持ってきた。それをいくつかの束に分け、フィルムのポジデュープといっしょに記事のそばに置いた。

電話が三回鳴ってやんだ。おれは受話器をとって地区検事にかけた。地区検事は、少年が自白しそうだと言った。いま刑事たちに夕食をとりにいかせたが、あとでまたもう少し尋問をするという。

「少年をどこかへ隠したほうがよさそうだ」と地区検事は言った。「この時点でまだ自白調書がとれてないのは驚きだよ」

「そうですね」おれは言った。「彼をどこへ連れていくんですか、クリント」

「それは……本当に知りたいのか、ビル」

「いや。知りたくないかな。わたしは何も知らないってことで。何かあったら社のほうへ電話をください」

……出社したのは夜の十時ごろ、輪転機が翌日の早朝版を印刷しはじめるまで一時間ちょっとあった。市内部の大部屋には記者が何人かいた。ダドリーは待ちくたびれて退社していたが、スカイスミスはまだ自分のオフィスにいた。おれがはいっていくと、スカイスミスは飛びあがるように立っておれを睨みつけた。

「こんな時間まで何やってたんだ。持ってるのは原稿か。さあ早くよこせ！」

スカイスミスはおれの手から原稿をひったくった。おれは机をはさんでやつと対座し、目の前に置かれている早朝版の校正刷りを引き寄せる。

スカイスミスはぎょっとした顔でうーんとうなった。それからひと声吠えて机に片方の手のひらをたたきつけた。「なんだこれは！　いったいなんなんだ！」

「はい？」とおれは受けた。「何か問題でもありますかね、スカイスミスさん」

「何か問題でもありますかだと！　このくそったれが」――原稿をおれのほうへぐいと突き出した――「きさま頭がいかれちまったのか？　とっとと出ていけ！　タイプでこいつを書き直せ！　こんなものを載せられるわけが――」

「スカイスミスさん。その原稿のとおりに紙面に載せてもらいますよ。その原稿のとおりにです。わかりますか。おれは植字室と印刷室でちゃんと見張ってますよ」

「何っ？」スカイスミスは口をあけたままおれを見た。「おまえまさか――」

「そうですよ。その原稿のとおり掲載してもらいます。それともこの特集記事はなしにするか。どっちかです」**さあおれを顎で使ってみろよ、このインチキ野郎。**

スカイスミスは重ねて、おまえは頭がいかれていると言った。額をごしごしこすった。「いいか、ビル。これは――これは――」顔が青ざめてこわばり、唇が震えていた。「きみが一生懸命これを書いたのはわかる。一生懸命書いた原稿を編集者から修正させられる記者の気持ちも――その気持ちも――。しかしこの原稿は諦めろ、ビル。もうわたしが書く。わたしは家内の病状が悪いし、ちょっと急いでいたものだから、きみに――」

「ドナルド」おれは言った。「ドナルド閣下。これはこのままでいくんです」

「そんなことできるか！　これは――。なんだいまの閣下というのは――」

「あんたは汚いネタを望んだ。そして手にいれたんだ」

「きさま馬鹿か。わたしが望んだのはこんなものじゃない！　注意深く、慎重にやらなきゃ駄目だと言ったはずだぞ！　これは――こんなものは――言語道断だ！　これじゃ非難囂々《ごうごう》だ。われわれが電気椅子のスイッチを押すようなものだ。まったく、これを知ったら大尉は頭を爆発させる――」

「大尉に判断を任せたらどうです」

「なんだと？　そんなことが――」

「電話をかけたらいい。やばい記者を顎で使おうとしたら、とんでもない記事を書いてきたと話すといい。それから――」

おれは大尉にどう話したらいいか教えてやった。記事はそのまま掲載するしかありません。そうしないと問題の記者は三つのライバル紙に記事を見せると言っています。ライバル各紙は、うちがこれを発表すると考えれば自分たちも同じネタを掲載するでしょう。ほかの新聞がトーンダウンさせた記事しか載せなかったら、その時点でまたうちにスクープを抜くチャンスが来るわけです。大尉はこういう爆弾記事を歓迎するよ。あの人は他紙を新聞スタンドから駆逐したいんだ。爆弾記事があればしばらくのあいだスター紙が独走を続けるよ。

「ああ、そうだ」おれはつけ加えた。「もうすぐ少年の自白の内容もわかると大尉に言ったらいいかもしれない。スター紙がライバル紙より遅れてそれを載せることになってもいいですかと訊いてみるんですね」

スカイスミスは言葉もなく口を動かした。それからゆっくりと椅子に沈みこんだ。

「こ――こんなことをしてただですむと思うなよ、ウィリス！　きさまと、あのいまいましい地区検事を――」

「あんたは自分がまぬけだと認める気ですかね」おれは言った。「まさかそれはしないでしょう、ドナルド。大尉は、われわれがはりきりすぎて少しばかり判断ミスをするのは赦すかもしれないが、まぬけは赦さないだろうな。あの人はまぬけ恐怖症なんだ。へドが出るほどまぬけが嫌いなんだ。ふん、あの人はこの記事に文句なんか言うもんか。

きっと——」

「いかれてる。おまえはいかれてる」

「いやあ、別に褒めてもらうつもりはなかったんだけどな……。じゃ、これ、こっちへもらいますよ?」

おれは机の上の原稿と写真を引き寄せ、ポケットから鉛筆を出した。

スカイスミスは言った。「ビル……なぜなんだ、ビル。なぜこんなことを?」

「ひとを顎で使うからだよ。おれはそれが大嫌いなんだ。とくにほんとの新聞屋だったこともない人間からそれをやられるのは」

「しか——しかし、わたしはそんなことしてないぞ! 少なくともそんなつもりはないんだ。きみはダドリーへの恨みからわたしにこんなことをするんじゃないだろうね。わたしは立場上、市内部デスクを支えなくちゃいけないんだ」

おれは返事をしなかった。原稿の上に背をかがめた。

机の引き出しがひらく音がした。金属とガラスがこすれあう音がした。ウィスキーの匂いがした。

スカイスミスの「何をしてるんだ、ビル」という声に、おれは顔をあげた。

「見出しを書いてるんですよ」おれは棒読みの口調で言った。「それと写真のキャプションを。記事を仕上げてるんです。おれって便利なやつでしょ。校正者も写真編集者もニュース編集者もいらない。取材をして、原稿を書いて、編集もする。それをこの社ののどのくそ野郎よりもうまくやれる。ライノタイプも使えるし、オフセット印刷もやれる。ひとに指図される必要なんかない。逆に指図できる。なぜならおれは新聞屋だからだ。わかるか？　なんでも一人前にやれる人間だからだ。おれはずっと新聞屋だったし、これからもやりたいことはそれだけだ。新聞をとりあげられたらおれは死ぬ。喜んで死ぬ。あんたにはわからんだろ。え、スカイスミスさんよ？　なぜわからないかというと、あんたは新聞屋じゃないからだ。運がいいだけの無能野郎だからだ。大学を出た坊やが、運よくピュリッツァー系列の新聞社にもぐりこめただけのことだ。あんたなんか……いや、もういいや」

スカイスミスはまた酒を飲み、ちょっとためらってから、瓶をこちらに押してきた。おれは気づかないふりをした。

「なるほど」スカイスミスは静かに言った。「やっと理由がわかってきたよ……」

おれは肩をすくめた。体から水分が抜けきって、不快な空虚感に襲われた。「勝手に結論を出さないでもらいたいね。おれはただズケズケものを言ってみただけだ」

「わかったよ。きみがわたしをどう思っているか」

「へえ」――おれは顔に無理やり笑みを張りつけて立ちあがった――「そんなこと気にしてくれるとはね。いや、ほんと言うと、おれはあんたが好きなんだよ。自分の弟みたいに。いっしょに来ないか？　植字室へ」

「やめとこう。きみはわたしの手伝いなどいらないだろう」

「そんなことはないさ。なんでそう思うんだい。何事もひとりよりふたりのほうがはかどるじゃないか」

「家に帰るよ」スカイスミスは言った。「家内が……家内の具合がとても悪いんだ」

9　リチャード・ヨーマン

地区検事は少年のいる部屋に鍵をかけ、おれに五ドル札をよこした。おれが二ドル五十セント、チャーリー・オルトが二ドル五十セントだ。検事はこれで夕食をとってくるように、ひと晩中どこかで飲んでいるなんてのは駄目だぞと言った。

「それと外でよけいな話をするな。いいな。おまえたちはタルバート少年のことを何も知らないってことで通せ」

「あの子はどうします」おれは訊いた。「サンドイッチか何か買ってきてやりますか」

「いや、食べる気になったら自分でそう言うだろう」

「麦芽乳でも持ってきてやりますかね。何か冷たい飲み物を」

「あの子は欲しいときになんでも飲める」

「いや、ちょっと訊いてみただけです」

「分別を働かせてやることをやったら、なんでも好きなものがもらえるんだ」

おれとチャーリーは〈チャイナマンズ〉がいいだろうと考えた。近いし、かなり安いからだ。おれたちは階下《した》におりて、通りを渡った。チャーリーは口のなかでぶつぶつ言いながら指で数をかぞえていた。しばらくして計算ができたようだった。

「ステーキの小、フレンチフライ、豆、パイ、コーヒー二杯。これでぴったし二ドル五十セントだ、ディック」

「で、チップはどうする」

「くそ、なんで中国人《チャイナメン》どもにチップやるんだ。やつらおまえより金持ちだぞ」

「知らねえけどさ。やんなくてもいいのかもしらんが、なんか前から気になってんだよな。おまえあの店じゃチップをやんないのか」

「ま、今夜はやめとくわ」

〈チャイナマンズ〉に着くと、おれはチャーリーに奥のボックス席をとっといてくれと言った。おれは女房に電話するんだと言って。

「おれも娘に電話しなきゃ」チャーリーはそう言って変な顔つきをしてみせた。「おまえが先にかけていいよ。おれはそばで待ってるから」

「いや、先に席をとっといてくれ」おれは言った。「おれの電話が終わるまで席を守ってるんだ。そのあとおまえが電話してるあいだおれが守ってる」

「うーん」とチャーリーは言った。「席は——いっぱい空いてるけどなあ」それでも奥へ歩いていった。

　おれはコシーの事務所に電話をかけたが、誰も出なかった。自宅にかけてもいなかった。ようやくつかまえたとき、コシーは連邦ビルで移民事件の夜間審問に出ていた。

「ディック・ヨーマンです、コスメイヤーさん」おれは言った。「あのう、あなたはタルバート事件の弁護人ですよね」

「タルバート?」コシーは言った。「タル——ああ、あれか。そうだよ、ディック。あの子はもう釈放された」

「いや、まだです。どうもまだ釈放されそうにないですよ、言ってる意味わかりますかね。もっと早く電話しようと思ったんだけど、チャンスがなくて——」

「くそったれ！　もう家に帰って寝てると思ってた。しかし親からはなんにも文句言ってこないぞ」

「あの子のためにできるだけのことをしたんですけどね、コスメイヤーさん」おれは言った。「でも正直おれにはたいしたことはできなくて。おれにできることはあんまりないんですよ。言ってる意味わかりますかね」

「ああわかるよ」コシーは即座に言った。「連絡ありがとう。明日、事務所へ寄ってくれ。

場所は――」

「いや、それは知ってますから。何時に行けばいいですか」

「何時でもいい！　場所はどこなんだ、あの子のいる場所は」

「郡庁舎ですよ。クリントンさんの事務所。でも、どうもよそへ移すみたいです」

「くそっ！　何を企んでるかわかるか、ディック？　なぜ――いや、それはいい。あの子をどこへ移すのか見当はつかないか」

「正直わかりませんねえ、コスメイヤーさん。検事さんはほとんどなんにも言わないんで。言ってる意味わかり――」

「あのくそ野郎！　しかしタルバートの親もまぬけなやつらだ！　あいつら訴えてやろうか！」

「世の中にはまぬけなやつらがいますよ。でもこういう危機のときだから、親御さんたちはたぶん頭がちゃんと働かないんでしょうね」

「そもそもやつらには頭なんてないんだ、くそったれめ！　あの子をよそへ移すのをなんとか引き延ばしてくれ、ディック。二時間――いや一時間でいい。やってくれたら恩に着る。ものすごく恩に着るぞ、ディック」

「できるだけのことをやってみます。約束はできませんが――」

先方は電話をたたきつけるように切った。

おれはチャーリー・オルトのいるボックス席へ行った。

チャーリーはこの野郎という顔でおれを見たが、すぐに笑った。「山分けだぞ」

「山分け。なんのことだ、チャーリー」

「コスメイヤーからいただくものを山分けするんだ。くそ――当然だろうがよ、ディック。おれが電話しようと思ってたのに、おまえに先を越されたんだ。おれが電話してたらおまえに半分やったぜ」

まあそれについてはふたとおりの考え方があるだろう。言ってる意味がわかるかな。でもほかにどうしようもないから、いいよ、その権利があるとおまえが思ってるんだったらと答えた。

「あの子をよそへ移すのを引き延ばせってコシーは言うんだ。一時間か二時間な。そのあいだにやつは裁判官から人身保護令状をとる気だ。すごく恩に着ると言ってるよ」

「コシーはいいやつだよ。ユダヤにしちゃいいやつだ」

「なんでそんなこと言うんだよ。ユダヤ人なのはやつのせいじゃないだろ。ユダヤ人の何が悪いんだよ」

「くそ——なんで突っかかるわけ。あいつはいいやつだって言ったんだぜ。なんで突っかかるんだ」

「だってよ」

「おまえ気をつけたほうがいいぜ、ディック。そういうことを言ってるとおまえもユダヤかと思われっから」

「誰がそう思うんだよ。とにかくおれは知り合いの何人かを見てると、そいつらと同類じゃなくてユダヤ人だったほうがよかったと思うよ。言ってる意味わかるかな」

「ほんとにか」

「ほんとにさ」

チャーリーは一、二分おれを見ていたあと、メニューをとりあげた。

「くそ——」やつはメニューを見ながら言った。「なんで突っかかってくるのかわからんよ。おれ、コシーはいい友達だと言わなかったか？　百パーセント紳士で、街でいちばんの弁護士だと言わなかったか？　くそ——突っかかることはなんにもないんだ」

「わかったよ。ちょっとおまえを誤解してたのかもな」

「おれはこうするつもりだ。豆はやめる。そしたら二ドル五十セントじゃなくて二ドル三十五セントになるからな」

「おれもそうしよう」おれは言った。「パンのおかわりはただだしな」

おれたちはウェイターに注文した。ステーキは超ウェルダンで頼むと言った。食いはじめたとき、地区検事から電話がかかってきた。ウェイターはいまお食事中ですがと答えたが、さっさと事務所に戻れというのが検事の指示だった。

「なんだと――」チャーリーが言った。「飯はここまでかよ」

「そういうことかなあ。超ウェルダンはやめりゃよかったかもな」

「コシーはいくらくれるだろ」

「うん……ひとり二十かな。やつが保護令状をとってくるまで引き延ばせたら五十かもしれん」

チャーリーはひゅうと口笛を吹いた。「五十ドルか！　そんだけありゃなんでも買えるな！　ほんとにくれると思うか」

「くれてもおかしくないだろ」おれは言った。「五十ドルは二、三度もらったよ。今度のより面倒の少ない頼みごとだった」

「そうか。でもそんときゃほかに誰もいなかったんだろ。おまえひとりに払えばよかったわけだよな」

「そう思うか？」おれはウィンクをした。「おまえその場にいたっけ、チャーリー？」

「うわ！　五十ドル！　おい、こうしないか。おまえもやるならおれもやるぜ。フー・フラング・ダングにチップを二十五セントずつやるんだよ」

（ウェイターの名前はホップ・リーだったが、チャーリーはいつもホパロング（訳注—西部劇のヒーロー、ホパロング・キャシディから）とか誰がくそを投げた《フー・フラング・ダング》とか呼んだ。もちろん冗談でだよ、わかるだろ）

「三十セントのほかに五十セントやるのか。そしたらほとんど一ドルだぞ？」

「何言ってる——」チャーリーは言った。「それくらい余裕だろ」

「どうかな。うまく引き延ばせなかったら、あの金は稼げないかもしれんからな」

「稼ぐんだよ。なんならクリントンを殴り倒して延ばさせてもいいや」

「まあいいだろ。じゃ、どっちも余分の二十五セントを出そうか。でも五十ドルをポケットにいれてからのほうがもっと気分よくチップをはずめるんだがな」

「五十ドルかあ！」チャーリーは言った。「すげえすげえ！　例のスミス・アンド・

ウェッソンの話はまだ生きてるだろうな、ディック?」

「あれは売る」おれは言った。「くたびれた古いコルトと交換はしない」

「くたびれたコルト? おまえのあの古いスミス・アンド・ウェッソンはくたびれてないだろうな? まさか例の黒んぼの強盗からとりあげたとか?」

「おれが誰かから何かをとりあげたなんてことは、おれなら絶対に言わないぞ、チャーリー。言っている意味わかるかな」

「それより、おれのコルトをあちこちでけなすのはやめろよな。みんなおまえがけなすのをしょっちゅう聞いてるから、売れねえんだよ。二、三回、話がまとまりかけたが、あの銃がけなされてるのを買い手が聞いて——いや、おまえがけなしたとは言わねえが——それで話がぽしゃったんだ」

「あのな、チャーリー。おまえどういう噂を聞いてるのか知らないが、おれはあのコルトをけなしたことなんか一ぺんもないぞ。むしろその反対だ。証明もできる。都市風紀課のダスティ・クレイマーがこの前おれのところへ来て、率直な意見を聞かせてくれと言ったから、おれは率直に、いいコルトを見つけたら買わない手はないと言ってやった。率直な意見を言えと言うから言うけども、いいコルトで値段もちょうどいいと思ったら買えと、そう言ったんだ」

「いや、だからおまえがけなしたとは言ってないんだよ、ディック。おまえがそんなことするやつだとは思ってねえ」

「おれがなんで交換はしないと言ってるかはもう何度か説明したはずだ。おれはコルトとスミス・アンド・ウェッソンを一挺ずつ持ってる。スミス・アンド・ウェッソンを売ったあともコルトが一挺手もとに残るんだ。おれはコルトを二挺もいらないんだよ。たとえくたびれてなくても」

「じゃ、これが最後のオファーだからな。おれは例のコルトに十五ドル、いや二十ドルをつける。それと交換だ、ディック。嫌ならやめてくれ」

「それならいいよ、ミスター」

「明日渡すからな。コスメイヤーから金がはいったらすぐ」

「いいだろう。でも金がないんなら、この話はなしだ。おれはあくまで現金が欲しいんだからな、チャーリー」

「わかってる。こうなりゃクリントンを縛りあげてでも引き延ばさないと」

おれたちはステーキとフレンチフライをたいらげたあと、コーヒーを飲みながらパイを食べた。それからコーヒーのおかわりをしたが、なぜかウェイターはその分を勘定につけなかったので、それをチップにした。八十セントに二十セントが加わって、ぴったり一ドルのチップだ。おれとチャーリーはウェイターが代金とチップをテーブルからとりあげるときもその場にいたかった。反応が見たかったのだ。だがウェイターはほかのテーブルの給仕で忙しかったので、引きあげることにした。

おれたちが出たとき、郡庁舎にはほとんど人がいなくなっていたが、戻ったときには誰もいなくなっていた。つまり地区検事局以外は全部戸締りがすんでいて、エレベーターボーイも帰ったあとだった。明かりは小さなもの以外全部消えていて、ほとんど手探りで階段をのぼり、廊下を歩かなくちゃいけなかった。

地区検事のオフィスに着いた。出入り口は真ん中の手すりで入り口と出口に分かれており、それぞれ可動式の柵をくぐらなければならない。チャーリーが先にはいって、おれはすぐうしろからついていった。チャーリーが急にとまったから、おれはぶつかった。

「すまん、チャーリー」

「しーっ。あれを聞け!」

チャーリーは証人室のドアのほうへ首を倒す。おれは耳をすました。地区検事が何か言い、そのあと少年が何か言うのが聞こえた。なんだかおれの気にいらない調子の声だった。チャーリーも全然気にいらないみたいだった。

チャーリーがふり返っておれを見たので、おれもやつを見た。やつもおれと同じことを考えているのがわかった。

「チャーリー、さっきのは生涯で最高に高いステーキだったみたいだな」

「くそ」とチャーリーは言った。「くそったれ！」

「レアにしときゃよかったな」とおれ。

「しっ。聞けったら、こんちくしょう」

おれたちは聞き耳を立てた。

「なあボブ、そろそろ本当のことを話したいだろう？　きみは本当のことを話したいか、それともずっと嘘をついていたいか、どっちだ」

「そりゃそうだよ。ていうか、ちがうよ！　だから、ちがうんだ、わ、わかんないんだ――」

「何が本当だかわからないと、そういう意味か、ボブ。嘘をつくより本当のことを話したほうがいいだろう？　わたしが手助けをして、きみに何が本当かを教えたら、そした

ら本当のことを話すかい？　それとも嘘をつくかい？」

「う、うん——じゃなくて！　わかんないよ！　なんかややこしくて——」

「きみはあの女の子を殺す気なんてなかったんだろう？　そうだろう？　イエスかノーで答えるんだ。殺す気はあったのか、なかったのか」

「それは——なかったよ」

「殺す気がなかったのなら、事故だったんだね？　そうなんだね、ボブ？」

「いや——だから——たぶん」

「ゴルフ場の近くまでなんて行ってないんだろう？　一キロくらい手前じゃなかったとどうしてわかるんだ？　きみは距離をはかったのか？　二キロ手前とか三キロ手前じゃなかったとどうしてわかる……」

「だから！　それは何べんも言ってる——」

「でもあれは嘘だった。そうだよね？　きみはわたしに何が本当かを教えてもらいたがっている。嘘をつくより本当のことを言うほうがいいから。そうだよね？」

「だから——わかんないよ！　おれはほんとのことを言ってるんだ！」

「そう。もちろんそうだ。きみはだんだん思い出してきた。頭のなかが整理されてきた。

いま本当のことを話しはじめている。きみはいい子だよ、ボブ。わたしには最初からそれがわかっていた。きみはジョージーが好きだった。きみは怖くなって、気が動転したのかもしれない。誰だってそうなるよ。でもきみはあの子が好きだったんだ。きみはたとえ偶然にもせよあの子を殺して、そのあと何ごともなかったみたいにゴルフ場まで歩いていくなんてことはしなかったはずだ。そんなことをしたなんて、わたしに思われたくないだろう？」

「う、うん……」

「きみとあの子は何回したんだ、ボブ」

「い、一回――」

「うん、でも一回が何回かになることはあるよね？　そういうことってあるよね、ボブ？　つまり何回かしたってことかな」

「そんなこと――おれに何を言わせたいんだ？　おれに何を――」

「こう言いなさいなんてことは、わたしには言えないんだよ、ボブ。それはフェアじゃないからね。さあ、思い出すのを手伝ってあげようか――正しい言葉で説明すれば、みんなはきみがいい子だってこと、あれは誰でも犯すようなまちがいだったってことを、わかってくれるからね……そうしたいんだろう、ボブ？　わたしに手伝ってもらって、正しい言葉で――」

「そ、そ、そうだよ」

チャーリーが葉巻を口からもぎとって、床にたたきつけた。

「くそったれ。五十ドルとはおさらばだ！」

わたしは机のうしろから出てタルバート夫人の真ん前に立った。それからカンガルーのように両手を前に持ちあげ、口の両端を引きさげ、目をぱちぱちさせた。自慢するようでなんだが、タルバート夫人の秀逸な顔真似だった。

「あなたはこんな顔をしてますよ、タルバートさん」わたしは言った。「それから、声はこうです……うぃうー、ようぃー、ぶーふー、べちゃくちゃべちゃくちゃ。いやほんと、実際、まじめな話、耐えられませんよ。ぶちゅぶちゅぶちゅ、ぐちゃぐちゃぐちゃ」

タルバート夫人は肝をつぶしていた。笑うべきか怒るべきか、決めかねていた。

「ち、ちょっと——何！——何を——」

「ほうら」わたしはにやりと笑う。「また始まった」

タルバート夫人は顔を真っ赤にしたが、そのうちふいに吹き出した。亭主のタルバートはびっくりしてそちらを向いた。女房がそんなふうに笑うのをもう何年も見ていないにちがいない。この男は、たとえ命がかかっていても、ギャグをかましたりおどけたりすることはないだろう。

「ああ、そのほうがいい」わたしは言った。「恥ずかしくないですか、タルバートさん。あなたみたいな若いきれいな女性が首をはねられた鶏みたいにバタバタ騒ぎまわって。わかりきったことをベチャベチャベチャベチャベチャ喋って、わかってないことをその十倍喋る。えんえん、わんわん泣いて、ぶちぶちぶちぶちぶち。そんな美人でなかったら、膝に乗せてお尻ぺんぺんぺんしてやるところですよ」

タルバート夫人は顔を赤らめてくすくす笑った。「もう、コスメイヤーさんたら！——ほんとに——」

「よしよし、もうわかった。これからはいい子にしてください。もう人にべらべら喋りかけるのも駄目。悪態をつくのも駄目。ぐだぐだ、ぎゃあぎゃあ、アホみたいに騒ぐのは駄目です。われわれはできるだけ多くの味方を集めなきゃいけないんです。わかりますか？　われわれは自信を持って行動しなきゃ駄目なんです。あなたは誰かに相談したくてわたしに会いにきたんでしょう。どうです、ご主人に睡眠薬をのませて、ふたりではめをはずしませんか」

「コスメイヤーさん！」タルバート夫人はエヘラエヘラとまぬけに笑った。「あなたってほんとに最低ね！」

「これ以上面倒をかけたら、ほんとに最低なところをお見せしますよ。さあここから出ていってください。これからちょっとご主人と話しますから。秘書とだべっててくださ い。この町いちばんのラージサイズのコークを注文するように言うんです。命令に従わないともう膝に乗っけてやらないとわたしが言ってると言うんですよ」

タルバート夫人は赤い顔でくすくす笑いながら出ていった。途中で尻を小さくふって見せたのにはあきれた。わたしは彼女がすわっていた椅子をタルバートの前に据えて腰かけた。

「さてと。ま、ああいうふうにしたほうがいいんですよ。笑ってもらったほうがね。でもここからは笑うところじゃない。お金はいくら用意できます?」

「ん——ああ——」タルバートは用心深く返事を延ばした。「いくらかかるんだ」

「あなたが出せる額よりたくさん必要なんですよ。だからなるべくわたしの持ち出しが少なくなるようにしてください」

タルバートは落ち着かなげに顔をしかめた。こういうビジネスのやり方には慣れていない。「うーん——そう言われても。ちょっとヒントをくれないかな——」

「いいですか、タルバートさん。あなたのせいで、わたしはもうとんでもなく大きなハンディを負わされてるんです。分別をなくして感情のままに行動するかわりに、やるべきことをやっていたら、あなたはここへ来ていないし、息子さんはいまいるところにはいないんです」

「わかってる。なぜあんなことをしちまったのか——」

わたしはさえぎった。「それはいいです。すんだことはしかたがない。だから本題に戻りましょう。わたしが依頼者に求めるのは、できる範囲で最大限の報酬を支払うことです。どれだけ用意できるか言ってください。その線で決めますから」

「うーん。そう——ええと——千ドルかな」

わたしは相手をじっと見据えた。「わかりました、タルバートさん。それだけ出せるわけですね」

「それで……?」タルバートは床に目を落とした。「わたしはお金のせいで——ボブが充分な弁護を受けられないなんてことは——」

「額がいくらでもまったく変わりません」わたしは言った。「千ドルでも、一万ドルでも、同じように仕事をします。百ドルでもです。わたしはいつもベストをつくす。だから依頼者にもベストをつくしてほしいんです」

「家は持ち家なんだ。わりと価値があると思う。できたらあれを――」

「依頼者のなかにはスーツすら持ってない人も多いんです。つぎの食事をするお金すらない人も」

「なるべく金を集めるようにする。手にはいる金は片っ端から」

「いいでしょう。すぐとりかかってください」

タルバートはちょっと失望した顔になった。感謝はしているが、もう少し期待していたのだろう。わたしはいま彼の前に障害物を置いた。それも冷淡なやり方で。わたしはこの男を誘いこむと同時に、蹴飛ばしたのだ。

タルバートはまさに誘いこまれながら蹴飛ばされたと感じている。だがわたしは気にしない。依頼者はひとり残らずそんなふうに感じるからだ。妥当な料金がいくらかはわからないが、法外な額を払わされるときはすぐわかる。彼らは法外な額を払うわけだ。かりに彼らにその額が払えなくても、わたしは大きな報酬を得たことになる。その事件が無料の広告になるからだ。それは多額の金に相当する。ともかくわたしはこの夫婦に多額の金を調達する努力をさせるのだ！

「話は以上です。了解されたなら、すぐ金策に……」

「しかし」――タルバートはゆっくりと腰をあげながら眉をひそめる――「あなたはこれから何をするんだ、コスメイヤーさん」

わたしは肩をすくめた。「必要なことをするんです」

「だからその……何をするのか、ちょっと知りたいかなと」

「必要なことをする。それだけです」

わたしは微笑み、うなずいた。タルバートはドアのほうを向きかけて、ためらった。それからお決まりの質問をしてきた。

口ごもりながらモゴモゴと不明瞭にする質問は、誰もがするお決まりのものだった。

「タルバートさん」わたしは言った。「わたしが考えることはひとつだけです。考えるだけでなく、そう信じています。法律家として、職業倫理上、そして一般の道義上、そう信じる義務があります。そうでなければ、わたしは偽証罪と司法妨害罪の共犯になってしまいます。わたしは有罪の依頼者を持ったことがありません。わたしの知るかぎり、信じるかぎり、みなさん無実なのです」

「ああ」タルバートは恥じいる顔をした。「もちろんわたしも信じている――」

「しっかりと信じてください」

「だいじょうぶだな？　息子は――きっと無罪になるな？」

「わたしの依頼者で有罪になる人はめったにいません。本当の問題はあとで起きてくることが多いです」

「え？」タルバートは瞬きをした。「というと――？」

「裁判官だけが人を裁くわけじゃない。息子さんを裁かず、無罪を信じつづけてください。じつは確信がないということを息子さんに知られないようにするんです」

「すごく複雑なんだ」タルバートは放心したような口調で言った。「ほんとに複雑なんだ。息子がやったはずないというのはわかってるんだ。供述書は無理やりサインさせられたに決まってる。だけど、こんな見方もできるんだ、コスメイヤーさん。変だと思うかもしれないが――」

「わかってます。あなたの言うとおりですよ、タルバートさん」

わたしは相手の手を握り、何度かふった。それから背中を押して部屋から出した。

……二日待ってから、地区検事を訪ねた。まず片づけておきたいことがいくつかあったので、地区検事はしばらくじらしておくのがいいと判断したのだ。おそらく地区検事はわたしがすぐ会いにくると予想したはずで、それが来ないので不安になっているにちがいない。もちろん不安のあまり向こうから訪ねてくるという展開があれば言うことなしだったが、そういう運に恵まれることは少なく、今回も駄目だった。

「やあ、コシー」地区検事は机の椅子からぱっと立ちあがった。「よく来てくれたな！　さあさあかけてくれ。最近はどうしてるんだい」

「いやあ、別に目新しいことは何もないよ。あいかわらずゴタゴタやってる」

「連邦地裁の判事の候補にきみの名前が出ていると聞くが、どうなんだい。何か手伝えることはないか、きみに電話しようと思っていたところなんだ。しかるべきところに手紙を書いたり、電話をかけたりね。多少は効果があると思うんだが――」

「ああ、どうもありがとう。でもあれはなんでもないよ。だいたいわたしが連邦地裁で何をしようってのか！　何をしていいのかわからずにまごついてしまうよ」

「いやいやいや」地区検事はつぶやくように言った。「そんなことはないよ、コシー」

「あそこに必要なのはきみみたいな人だよ。威厳があって、公職で幅広い経験を積んできた人物だ。きみも候補になっているのは知ってるだろう?」

地区検事は仰天した。ただ驚いたのじゃなく仰天した。寝耳に水だと言った。

「いや——そりゃまた。なんと言っていいかわからないな。もちろん選ばれる見込みはまったくないが、それでも……」

「別におかしくないさ。きみにはかなり見込みがあると思うよ。わたしが辞退して、わたしに集まるささやかな支持をきみにまわせば——」

「しかしそんなことをお願いするわけにはいかないよ。いやもちろん気持ちはありがたいが——」

「お願いなんてしなくていい。わたしは単純に市民の義務としてそうさせてもらうつもりだ。任命されるために金銭的な援助が必要なら、あちこちに声をかけておこう」

「それはどうもありがとう。そんなふうに考えてくれているなんて嬉しいな」

地区検事は机に目を落とし、回転椅子にすわったまま上体を前後に揺らした。それから溜め息をつき、首をふり、目をあげた。

「コシー。きみはなんてくそ野郎なんだ」

「いま言ったのは本気だよ。なんの下心もない。なんの見返りも期待していない」実際、わたしは本気だった。

「わかってる。だからくそ野郎だというんだ。常識はずれなんだよ。きみに人間らしさのかけらでもあったら、ずばり買収を持ちかけるだろう」

わたしは笑った。相手も笑いに加わった。うんざりしたような笑いのように聞こえた。

地区検事は机上の葉巻の箱を押してよこし、マッチをすって差し出してきた。その手は震えていて、すぐにひっこんだ。

「きみはタルバート少年のことで来たんだろうね」地区検事は言った。「わたしはできるだけのことをしようと思っているよ、コシー。わたしの意見では、あの子は処罰するよりも同情してやるべきだ。あの子は不幸なまちがいを犯した。深刻なまちがいだ。しかし言葉の普通の意味では犯罪者とはみなせないと思う。だから――」

「そしてもちろん、あの子は協力的なんだろう」おれは言った。「その点は無視できない。そうだね、クリント」

地区検事は椅子をきしませながら体を前後に揺らした。両手を組んで腹のうえに置き、深刻な目つきでわたしを見つめる。わたしも腹のうえで両手を組み、椅子にすわったまま体を前後に揺らし、眉をひそめて相手を見た。地区検事は顔をしかめて、前に身を乗り出してきた。

「妙に婉曲な言い回しで皮肉たっぷりにほのめかすじゃないか、コシー。きみはあの子の憲法上の権利が侵害されたと言いたいのか」

「もちろんそうじゃない。エンキョクな言い回しなんてそんな難しい言葉づかいはできやしないよ。わたしが言いたいのは、きみはあの少年を追いこんで、自分の尻と豚のケツの区別もつかなくさせてしまったってことだ。きみに言われたら、あの子はキリストを殺したという自白すらしただろう」

「その殺人事件は捜査するまでもなく犯人がわかっているがね（訳注―キリストを殺したのはユダヤ人というのは明らかな事実だということ。反ユダヤ主義の匂いがする冗談）」

わたしは笑って、たしかにと言った。笑ったのも、たしかにと言ったのも、わたし自身じゃないような気がした。わたしは葉巻を口からとって、眺めた。しばらくじっと眺めた。このくそ野郎。この汚い、卑劣な――。いや、クリントは本気で差別発言をしたんじゃない。だがそういうことを言ったのは事実だ。このくそ野郎、くそ野郎――

「コシー」地区検事は言った。「いまのはひどい発言だった。まったく恥ずかしい。どうか赦してくれ」

「何を言ってるんだ。わたしのほうが思いきり皮肉を言ったんじゃないか。きみは何も言ってない。わたしは聞いてもいなかった。さあ――」

「なあ、コシー。わたしは――」

「きみは何も言ってないと言ってるだろう!」わたしは言った。「わかるか? わたしは聞いてなかったんだ。だから――だから――くそ、きみはこれを葉巻と呼ぶのか? コーンビーフのキャベツ巻きじゃないのか?」

「わかった、コシー。わかったよ」

「そのいわゆる自白調書の話に戻ろう。わたしがそれについてどう感じているかを話すよ。少年にはアリバイがない。彼が被害者の少女と性的関係を持ったことはわかっている。そういうことと、新聞がはでに報道していることから――ところであの新聞の騒ぎ方がふに落ちないんだが――」

「ああ、新聞か」地区検事は肩をすくめた。「わたしは新聞の記事なんかに注意は払わないよ、コシー」

「その点できみはユニークだ。ともかくきみは少年が有罪だという完全にまちがった結論に飛びついて、少年に自白を、その、促すことに正当性があると感じた。そして耐えきれなくなるまで追いこんで罪を認めさせたんだ。きみはただ仕事をしているだけと思っていたんだろうが――」

「それは全然ちがうぞ、コシー。もちろん、少年とはある程度時間をかけて話をしたが、強制はまったくしていない。無実を主張するも罪を認めるも、完全に少年の自由だった。少年は自分の自由意志で、自分の言葉で、告白をしたんだ」

「きみはそう信じているわけだ」わたしは言った。「信じていなければ少年を訴追するなんてできないからね。だがわたしの助言を聞きたまえ。あの自白調書を武器に法廷に乗りこむのはやめたほうがいい。それをすれば、わたしがきみの主張をずたずたに引き裂くからね」

「そりゃ、もちろん陪審員がはいる正式の裁判となれば、あの少年を根っからの犯罪者として扱う必要が出てくるが……」

「きみはどうしようと思ってるんだ」

「いま言ったような扱いは考えていないよ。あの少年はきみの依頼者だから、きみに弁護方針の指図はしたくない。わたしは少年裁判所の裁判官をはさんで、きみとわたしで冷静に話し合いをしたらいいんじゃないかと考えている。たとえば慈母のごときミーハン判事なら適切な処遇を真剣に考えてくれると思うよ」

「たとえばどういう処遇?」

「そうだな」――口を引き結ぶ――「州の授産学校とかね。成人するまでそこで勉強させる」

「駄目だ」

「ふうむ。そうかもしれないな。きみの言うとおりならいいと思うよ。責任能力がないのなら刑罰を科すべきじゃない。そもそも彼はまだ子供で、大人なみに責任を問うべきじゃないだろう。彼は悪い子じゃないが、病気なんだ。必要なのは治療だ。州立病院に短期間収容するのがいいかもしれない。心の病を治して社会復帰させるんだ。一年半とか。一年とか。九ヶ月でもいいかもしれない。最長九ヶ月と保証できると思う。少年を静かに休息させて、自分の心と向き合わせるのが大事だと、裁判官に納得させられると――」

「絶対に駄目だ」

「じゃどうしたいんだ。希望を言ってくれ」

「完全な無罪。無条件の釈放だ。少年は興奮し、疲労困憊していた。自分で何を言っているかわからない状態で供述したんだ」

「馬鹿馬鹿しい。駄目駄目。論外だ！」

「そうか。しかしクリント、いますぐ釈放されても、あの少年と両親にはひどい後遺症が残るんだぞ。一生それで苦しむことになる。考えてみろ、クリント！　少年が学校に戻ってからのこと、学校を卒業して仕事を探しはじめたときのこと、どこかの娘さんと出会って結婚したいと思ったときのこと……。きみは自分の子供に強姦殺人の容疑者だった少年と同じ学校で学ばせたいか？　強姦殺人の容疑者だった男を雇ったり、その男と自分の娘を結婚させたりしたいか？　きみ自身、そういう男とつきあいたいか？いや、いずれみんな忘れるなんてことは言わないでくれ。みんなが忘れるとすれば――彼が有罪にならなかったという事実のほうだ。例の古い歌と同じだよ。歌は終わったけれど、メロディは耳に残っている（訳注―アーヴィング・バーリン作詞作曲《歌は終わりぬ》の歌詞）。少年が生きているかぎり、どこへ行こうと、何をしようと、メロディはいつそうやかましく耳障りに響きつづけるんだ」

「それはきみの考えだ。わたしはそうは思わない。いいかね」――地区検事は片手をあげる――「この件に関するわたしの考えはまだ固まっちゃいない。どんなことでもいい、少年が有罪であることに対する合理的な疑いを提示してくれたら、喜んでそのことを考慮する。わたしはものすごく柔軟な人間だ、コシー。喜んできみの考えに同調するよ。

しかし何もないんじゃ――」

「あの子を釈放するんだ、クリント。いますぐ釈放しても悪い影響が残るくらいだ」

「だからなんだい？　ただ釈放してくれと頼むだけじゃ職務怠慢じゃないかな。きみは少年が一点の疑いもなく無実であることを証明すべきだろう（訳注―弁護側は犯罪事実への合理的な疑いを提示すれば足りるので、これはまちがい）。それが少年に対する公正な扱いだ」

「クリント」わたしは言った。「強姦殺人犯の検挙率はどれくらいだ。この犯罪は手口に特徴があるわけじゃない。特定の人種や職業や社会階層に限られるわけでもない。犯人はきみやわたしと同じようにごく普通の人間に見えるし、実際ごく普通の人間だ。小さな食料雑貨店の店主、スーパーのチェーンの経営者、浮浪者、大実業家、聖歌隊員、サイコロ賭博師、牧師、プロボクサー、芝生を刈るのが仕事の男――」

「コシー。きみは誤解しているようだ。わたしは真犯――別の容疑者を連れてこいと言ったんじゃない。それを要求しているんじゃないんだ」

「要はそれを求めてるんじゃないのか」

「全然ちがう。われわれには少年の有罪を示唆する証拠がある。その証拠を否定するような証拠、少年の無実を合理的に説明できるような具体的な証拠が見つからないかぎり、わたしは両手を縛られている。わかるだろう、コシー。現状で起訴しないというのは良心に反することだ。少年を公正に扱うことにはならないんだ」

地区検事はまた葉巻箱に手をかけ、こちらを見て眉をあげた。わたしは首をふった。

「釈放させてみせるよ、クリント。不起訴か無罪を勝ちとってやる。きみの武器は少年の自白しかない。わたしはそれを粉砕する。きみの主張は売春婦の大会より穴が多いからな」

地区検事は笑った。「ああ、コシー、わたしはきみにこっぴどく負かされるわけだな。しかし少年を無罪放免にするのは無理なようだよ」

「釈放しろ、クリント。そうしなきゃ駄目だ」

「できないな、コシー。考えられない」

「釈放しろ。完全無罪のお墨付きを与えろ。それでも悪い影響は残るが、ほかのどの選択よりもましだ」

「できない。わかってくれ、コシー。できないんだ!」

実際に釈放するとは思っていなかった。ただ希望をつないでみただけだ。この男の主張も磐石ではないが、こちらよりは分がある。しかも新聞各紙が大騒ぎをして、事件は注目を浴びている……

駄目だ。この男には釈放などできない。

わたしは床から書類鞄をとりあげ、立ちあがった。「よし、クリント。とりあえずこれでいいとしよう。あの子とちょっと話をさせてもらえるかな」

「もちろんだ」地区検事は机上のボタンを押した。「ふたりだけで話せるよう看守に席をはずさせる。ボブが快適に過ごせるよう万全の手を打ってあることはわかってもらえると思うよ」

「きっとそうだろうね。ところで例の連邦判事の件だが、大急ぎで運動することにするよ。もっと早くから始めなかったのは申し訳ないと思っている」

「コシー。あれに関しては――なんと言っていいか。どうお礼を言っていいかわからないよ」

「馬鹿な。わたしに礼を言うって？　まだ何もわからないのに」

「近いうちにランチでもどうかな。電話するよ」

「電話はわたしからしよう。事情はわかるだろう。最後の瞬間までどうなるかわからないからね」

「今度の日曜はどう。日曜は忙しくないだろう？　うちへ来て昼を食べて、午後をいっしょに過ごそうじゃないか。もう長いこと、ゆっくり話をしてないからな」

「ありがとう。いいね。でもとりあえず先に延ばして、また今度ということで。これから何週間かは体が空かないから」

地区検事はすっと笑みを消した。体の向きを変えて窓の外を見た。背中をこちらに向けたまま話した。例の〝キリスト殺し〟のことを考えているのだ。

「さっきのこと、きみは絶対に忘れないだろうね」

「なんのことかな」

「なぜあんなことを言ってしまったのかわからないよ、コシー。わたしは反ユダヤ主義者じゃない。あれを言わなかったことにできたらどんなにいいかと思うよ。謝っても取り返しがつかないことだが――」

「謝るって？」わたしは言った。「何を謝るんだ。きみが何を言ったというんだ。わたしは何も聞かなかったよ、クリント」

少年は現状にかなり満足して、落ち着いてるように見えた。たっぷり責められたあとの被疑者はたいていそうなるものだ。地獄に堕ちてから、反対側の岸にあがると、まだ地獄の間近にいるにもかかわらずやれやれと安心する。何しろもう尋問されない。大声で怒鳴られたり、まぶしい光をあてられたりもしない。怖い顔で睨みつけられることもない。検事や刑事はにこやかで愛想がよく、静かな安らぎの時間が流れる。自白した自分は〝正しいこと〟をしたのだと思える。それは〝正しいこと〟なのかもしれないが、まちがった行動だ。実際に犯罪を犯したのであれ、無実であれ、まちがった行動だ。人を縛り首にするのは難しいものだ。法は何世紀ものあいだにゆっくりと進歩をとげ、地下牢で拷問して白状させた時代から明るい日差しのもとへ出てきた。人を縛り首にするのは難しいという状態をつくりだした。だが法が脇へ置かれ、普通なら縄をかけられない首に縄がかけられ、無法の邪悪な混沌に逆戻りするなかでは、〝正しいこと〟をすればその見返りが得られる。表面的には正しいが奥深いところではまちがっていることをやってのけるクリントン地区検事のような者たちも見返りが得られる。クリントンのような輩を裁くための基準は確信があったかどうかだけだ。なぜなら法は変わったが、人間は変わっていないからだ。人間はいまだに闇のなかにとどまっている。人間は倒れた者に鞭打ち、魔女を焼く薪を運び、血の匂いを嗅いだらいそいそと白いシーツをかぶってブーツをはく。

窓辺に置いたラジオが鳴っていた。テーブルには果物や菓子やポテトチップスがひしめき、床には漫画本が五十センチほどの高さに積まれている。わたしがはいっていったとき、少年は漫画本を読んでいた。片手にコークの瓶を持ち、もう片手にバナナを持って、指先でページをめくっていた。

少年はそれを読みつづけた。わたしの質問にはうわの空で返事をした。過去に何が起きたか、未来に何が起きるか、そのふたつには関心がないようだった。いまの状態に満足していた。深い淵から奇跡的に引きあげられたのだ。今を離れて、後をふり返ったり、先を見たりしたくないのだった。

少年は両親のことをたずねた。なぜ会いにきてくれないのかと。

わたしは、お父さんもお母さんも来たがってるけど、わたしがそうしないほうがいいと止めているとと話した。ふたりとも気が動転しているからだ、身内の人には今度のことはこたえるだろうと言って。

「そう」と少年はどうでもよさそうに答えた。「そうだね。もう少し待ったほうがいいかもね」

漫画本を一ページめくった。コークとバナナを交互に口へ運びながら読み、また一ページめくった。

「いつまで待つのがいいんだ」とわたしは訊いた。「判決が出るまでか。精神病院から出てくるまでか」

「え？」

「話を聞くんだ。おい——ボブ！」

「なんだよ」ボブは不機嫌に顔をしかめたが、目はあげなかった。「聞いてるだろ」

わたしは漫画本をひったくって放り投げた。バナナをゴミ入れにはたき落とし、コークもそのあとを追わせた。

少年は言った。「おい！　何すんだよ——」

「黙れ！　わたしが質問してるんだ。きみは訊かれたことに答えろ。ぼんやりしないでちゃんと答えろ。わかったか。わかったかと訊いてるんだ！」

少年は虚ろな目をいくらかはっきりさせた。少し怯えた顔で、不機嫌にうなずいた。

「よし。質問その一。最初にわたしと話した夜、なぜ嘘をついた？」

「嘘？　嘘なんかついてない」

「じゃ検事に嘘をついたのか。さあ吐け！　きみはわたしに、ジョージー・エドルマンを殺してないと言った。なのに検事には殺したと言った。どっちが嘘なんだ」

「それは――クリントンさんが言ったんだ――」

「クリントンさんが何を言ったかは関係ない。すかしっ屁ほどの意味もない。きみはわたしに嘘をついたのか。あの子を殺したのか」

少年は首をふった。「ううん。もちろん殺してないよ」

「じゃあクリントンさんに嘘をついたんだな。わたしに嘘をついてないならそういうことになる。そうだろう、ボブ。どっちも本当だなんてありえないからな。わたしに本当のことを話したのなら、検事には話してないんだ。そうだろう」

少年はためらった。

わたしは言った。「どうなんだ」

「いや、だから」――目が泳いだ――「わけわかんなくなっちゃったんだ。ほんとのことを言いたかったけど、わけわかんなくなって。それで検事さんが、こうかもしれないねって。で、そうじゃないなんてわかんないから、そうだったかもって。それで、そうだったかもしれない、たぶんそうだったってなった。おれはわけわかんなかったけど、検事さんはそうじゃなかったんだ。だから検事さんの言うとおり、ほんとのことを言ったんだ」

「なるほど。きみは検事さんにジョージーを殺したと言った。それはほんとのことだった。それからわたしには殺してないと言ったが、それもほんとだったと」

「ちがうよ。それは――」

わたしは少年の口を平手で打った。

手を往復させて、表と裏で打った。

おばさん看守がたたきつけるようなノックをして、飛びこんできた。わたしは出ていけと怒鳴った。

「依頼者を思いきりひっぱたいてるだけだ。邪魔しないでもらいたい」

「このことをミスター・クリントンに報告しにいきますよ！」

「どうぞ。ごゆっくりと。急いで戻ってこなくていいよ」

看守は部屋を出てドアをたたきつけるように閉めた。もちろん彼女は戻ってこなかった。クリントはわたしがどういうことをするかを承知しているが、文句を言える筋合いではない。やり方は若干ちがうし、当然ながら目的は正反対なのだが、まさに彼がやったのと同じことをしているのだから。

わたしは少年を洗面台まで連れていった。おい泣くな、きみのためを思ってやってるんだ、いつかわたしに感謝することになるよと言った。少年が顔を洗うのを手伝ってやりながら、冗談を言い、からかうと、少し笑顔になった。

「ようし。いい子だ。いい感じになってきた。もうきみは、わけがわからないってことはない。そうだろ?」

「う、うん」

「ジョージーは殺してないよな」

「う、うん。たぶん――いや、殺してない」

「きみはわたしに本当のことを言った。クリントンさんに言ったのは本当のことじゃない」

「うん」

「きみは正午ごろゴルフ場の近くにいたんだよな。昼前から昼過ぎにかけて」

「うん」

「クリントンさんは、自白をしたらこうしてやると何か約束したかい？　たとえば、ジョージーを殺したと認めたら自由の身にしてあげるとか」

「えっと」——少年はためらった——「なんか言ったみたいな気がする。正しいことをやったら、そうしてやるって。きみが本当はそんなことをするつもりじゃなかったのはわかってる、あれはただのまちがいだった、わざとやったんじゃない人を罰するなんていいことだと思わないって——」

「でもはっきり約束したわけじゃないんだね？」

「うん——はっきりとは。なんか約束してくれたみたいな感じがするんだけど……」

わたしはうなずき、書類鞄のストラップをはずした。

少年は言った。「コスメイヤーさん。検事さんはおれをどうする気なの——」

「どうもしない。だいじょうぶだ。このまま本当のことを話してくれれば、すべてうまくいく」

わたしは書類鞄をひらき、写真のぶ厚い束をとりだした。それを長椅子に三列に並べ、少年にうなずきかけた。

「これは航空写真だ。ヘリコプターから撮影したものだよ。ヘリはきみの家の近くの鉄橋のところから出発して、まっすぐゴルフ場まで飛んだ。つまりきみが歩いた場所だ……」

「それで?」

「もちろん写真だから何もかも小さい——それは頭に置いておいてほしいが——ともかく全部ここにある。木とか、電柱とか、目印になるものは全部写ってる。写真をよく見て、きみがどこを通っていったか思い出してくれ」

少年は写真の上に背をかがめた。しばらくして顔をこちらに向け、わたしを見た。

「これ——順番がちがうんだけど。並べかえようか?」

「ほんとに? そうか。じゃ並べかえてくれ」

じつを言うとこれはもともと一枚の写真だった。スリットカメラで撮影した一枚の長い写真で、それを何枚もの部分に切って、でたらめに混ぜたのだ。

少年は二分以内に正しい順序に並べかえた。

もちろんそれで何が証明されるわけでもないが、ささやかな意味はある。少なくともわたしはちょっとした満足感が得られた。これは少年が最近この地域を実際に歩いたことを示唆しているからだ。

鉛筆を渡すと、少年は自分がたどったルートを示した。それをすばやくやった。もしかしたら——とわたしは思った——少しすばやすぎたかもしれないが。

「いつもこのルートで行くのか、ボブ？　この小さな斜面をおりて、つぎの斜面をのぼって」

「うーん……」少年は頭をかく。

「いつもだいたい同じルートで行くんだろう？　よく覚えてるってことは」

少年は疑わしげに、警戒しながら、わたしの顔を見つめた。唇をなめた。

「何を」——一歩うしろにさがった——「何を言わせたいの」

「ほんとのことだ。ほんとのことを言ってもらいたいんだ」

「だから……ちがうんだよ。ていうのは、その日はいつものルートじゃなかったんだ」

「いいぞ」わたしはご機嫌をとるように言った。「それが本当のことなんだね。わたしはそれが聞きたいんだ。さあいいかい。わたしの記憶がきみの記憶と同じくらい正確かどうか確かめてみよう。きみはあの日とても興奮していた。景色のことなんか考えず、右も左も見ずに早足で歩いていった。そうだろ、ボブ？　これで合ってるだろ？　さあ話してくれ――ほんとのことを話してくれ――なぜきみは自分が歩いたルートを正確に覚えていたのか」

「うーん」少年はごくりと音を立ててつばを呑んだ。「覚えてないかもしれないんだ。たぶん――でも、もしおれにこれを言わせたくないなら――」

「ボブ。いいかい。わたしはきみ側の人間だ。きみの味方だ。医者みたいなものだ。わかるか？　医者はときどき患者に痛いことをするだろう。患者のためを思って。それなんだよ。さっきわたしがしたのはそれだ。わかるだろう。わかるはずだ。きみは頭のいい子だ。そしてとてもいい子だ。だから――そのままつづけて本当のことを話してくれ。なぜ思い出したのか話してくれ」

「その。思い出したのとはちょっとちがうんだ。なんか、わかったんだ」

「ほう」

「すっとわかったんだよ。歩いてたときはほとんど何も気づかなかったけど。いま気づいたんだ。なんか、わかったんだ――思い出したってんじゃなくて、わかったんだ」

「いいぞ。その調子だ、ボブ」

「たいていのとき、つまりあのとき以外のときは、いつもあちこち道草を食うんだ。兎の穴を見たり、岩の切れ目を飛びこえたり、電柱に石をぶつけて遊んだり——そんなことをするんだ。でもあの日はそんなことやりたいと思わなかった。まっすぐ歩いていった。できるだけまっすぐに——」

「なるほど！　そりゃそうだ！　きっとそうするだろう。誰だってそうするよ。いいぞ、ボブ。それでいいんだ」

いや、これで何か証明できたわけじゃない。地区検事の主張をくつがえすことはできず、自信を持って裁判にのぞめるという状態にはない。それでも役に立つはずなのだ……少しくらいは。こちらの論を組み立てる土台にはなる。いまの話には信憑性がある。納得できる内容がある。子供がその場の思いつきででっちあげられるような話じゃない。もし少年がぐらつかなければ、いまの話が事実なら、わたしを喜ばせるために脳みそをしぼってつくった話でないなら……

この子を手荒に扱いすぎたのでなければいいが、とわたしは思った。ああ、そうでありませんように。とはいえほかに方法がなかった。平手打ちで目を覚まさせるしかなかった。自力で目覚めるには何日もかかっただろう——かりに目覚めたとしての話だが

――われわれにはそう何日も余裕はないのだ。とにかくわたしにはそんな余裕はない……。ひとりの依頼者にそれだけ時間をかける余裕はない。ひとりの依頼者に永遠の時間をかけるわけにはいかないのだ。そのためにはうんと長生きしなくちゃいけないからな、コスメイヤー！

コークの栓を抜いて少年にわたし、自分の分もとった。さらに少年をからかい、ちょっとおどけてみせ、何度か笑わせた。そうやって少年をリラックスさせたところでまた写真に戻った。少年は質問に答えるときにためらったが、それは普通のためらいだった。わたしがどう思うかなど考えずに本当のことを話しているようだった。

うん、この高圧線の鉄塔のそばにあるのは穴だよ。だいぶ前からあるんだ。なぜこんなとこにあるのかは知らない。鉄塔を建てるとき、まちがった場所に穴をあけちゃったのかな。そこで作業をしてるのは見たことないよ。どの鉄塔もそうだけど、そばに人がいたことなんてなかったと思う。

そう、ここは牧草地。これとかこれは牛だ。でもその家は何キロか離れたハイウェイ沿いにある。ハイウェイにあがらないとその家は見えないよ。おれはハイウェイの近くにはいなかった。

うん、この左のほうにあるのはゴミ捨て場だ。ていうか前にゴミ捨て場だったとこ。いまはフェンスで囲ってあってゴミを捨てるのは法律違反なんだ。まあここもおれが通ったところからだいぶ離れてる。この道は古い田舎道でいまはもう誰も使ってない。ああ、これは池だ。こういうちっちゃい池が二つか三つある。なんにもいないよ。オタマジャクシがちょっといるだけ。誰も釣りをやったり泳いだりしない。近くに誰かいるのを見たことないから、あの日も誰もいなかったと思う。

いや——ていうか、あるよ。煙草はときどき吸うけど、人にもらったときだけだ。買ったことはない。時間をつぶしてるときも、まわりが吸殻だらけになるなんてことはないよ。うん、ここだよ。この岩がごろごろしているとこ。うん、地面はかなり固い。足跡が残ってるかもしれないけど、そんなの証拠にならないだろ。ほかの日についたのかもしれないから……。そう、この腕時計を持ってた。これは、どれくらいかな、もうだいぶ前から持ってるよ。パパに買ってもらったんだ。いっしょに街に出たとき。うん、だから時間はわかった。誰にも訊いてない。だって誰もいないし……。

写真を全部見たあとも、少年は一、二分喋りつづけた。腕時計の話や、それを父親に買ってもらったときの話だった。それからわたしを見た。頬骨を覆う皮膚がぴんと張りつめていた。

「おれ……あんまりうまく話してないよね」

「そんなことはない。いい話をしてくれたよ。その調子でつづけてくれれば何もかもうまくいく」

「で、でも――クリントンさんはなんて言うだろう、もし――」

「クリントンさんはどうでもいい。きみは別に何もしていないし、向こうも何もしやしないよ。さあ、念のためにもう一回最初から写真を見てみよう……」

もう一度、写真を見た。少年はさっきよりも少しゆっくりとだが、同じ話をした。

わたしは立ちあがって部屋のなかを歩きまわった。少年はわたしを見ながら、二回ほど何か言いかけたが、わたしはすぐにさえぎった。

長椅子から写真をかき集めて窓辺へ持っていった。日にあてながら、一枚ずつゆっくりと見た。

何もわからなかった。少年に一歩ずつ歩いた道をたどらせてみたものの、何も判明しなかった。意味のある事実は何も浮かびあがらない。少年を目撃したかもしれない人間はいそうになかった。

わたしは最後の写真を見た。大きな声で毒づいた。なぜこの子はゴルフ場へ行かなかったんだ。せめてもう少し先まで行っていたら、人に見られていたかもしれないのに。なんでこんな岩がごろごろしているところでとまって――

わたしはほかの写真をばらばら落とし、最後の写真だけを手に残した。それを日の光にかざして、向きを変え、細めた目で見つめた。

「ボブ。ちょっと来てごらん！　ほら、急いで！」

「う、うん」少年は犬のように駆けつけてきた。「なんなの、コスメイヤーさん」

「このずっと右のほうにある小さい黒い点……見えるかい？　いま指でさしてるところだ。このちょっと高いところからおりた底のところ――草むらだか藪だかのあいだに見えるだろう」

「あ、うん」

「これはなんだ。狭い空き地みたいにも見えるが」

「うん。そうかもしれない」

「かもしれないって。知らないのか。この辺を歩きまわって、半径十キロくらいにあるものは全部見たことがあるはずだ。なのになんだかわからないのか」

「えーと——黒人が住んでるんだ。この辺に。体のでかい婆さんがいて、おっかなそうだから、近づかないほうがいいと思ったんだ……」

少年は心配そうにこちらを見る。わたしはうなり声をもらした。「黒人の婆さんを見た——ちょっと待て！　きみはその婆さんを一度見ただけなのに、二度とその辺に近づかなかったのか」

「い、いや。たしか一度だけじゃなかった。わりと何べんも見たんだ。黒人の子供も何人かいたと思う」

「思うって！　見たんだろう？　そうだろう？　いちばん最近見たのはいつだ」

「そ——それは——」

「おい、まったくどういうことだ！　ここはきっと庭で、何人か人がいるのをきみは見たんだろう。なのにそのことを話さなかったなんて！　それはこの辺に住んでる人たちに決まってるじゃないか。この森のなかにはいったことはないのか。いちばん最近その人たちを見たのはいつだ？」

「そ、そんなに——そんなに前じゃないと思うよ。そうじゃない気がする。で、でも——おれ——そっちを見ないようにしたから。つまり、その辺へ行くときは、いつもちがう方向を見てたんだ。覗きにきたとか思われないように。気づいてないみたいなふりして、ぐるっと遠回りをして——」

「いちばん最近見たのはいつなんだ。ああ、わかってる。そっちを見ないようにしながら遠回りしたんだな。でもそっちを向かなくてもいるのはわかったんだろう。いつなんだ。一週間前か。二週間前か。四日前か。あの四日前の、きみが——」

「そ、そう。あの日だと思う。うん。あの日だった！　いま思い出した。あの日だったよ、コスメイヤーさん！　おれは——」

「それはたしかか。たしかなのか、ボブ」

わたしは両肩をつかんで少年を揺さぶった。

それからなんとか自分を抑えて、少年から手を離し、うしろにさがった。

「すまん。いまのは気にしないでくれ。ほら、男って興奮すると、いまみたいな感じになるだろう」

「うん」少年は用心深い目をわたしに注ぐ。「別にいいんだ、コスメイヤーさん」

「まあ、どっちでもそう変わりはないんだよ。その人たちを見たのでも、見てないのでも。とにかく本当のことを言ってくれ。どっちでも全然かまわないんだ」

少年はちゃんと呑みこんでいた。「見たんだよ。ちゃんと見たんじゃないかもしれないけど、そこにいるのはわかったんだ。何人かいた」

「ボブ。いいか——ここをはっきりさせてくれ。最初から言ってるように、わたしはきみに思い出してほしいんだ。誰かと会うとか、すれちがうとか、話をするとかしなかったかどうか。もしそんな人がいたら、殺人が起きたときのきみのアリバイになるんだから。わたしは初めて会った夜にそのことを訊いた。それから今日、何度も写真を見ながら思い出してもらおうとした。いろんな人がこのことを訊いたと思うんだ。検事とか、刑事とか、新聞記者とか。きみは誰もいなかった、誰のことも覚えていないとずっと答えてきた。なのにいま急に——きみははっきりとそう証言したわけじゃないが——さあ言ってくれないか——」

「いや、あの」少年はぐらついた。「そう言ってほしいんじゃないのなら、おれは言わないよ。誰も見なかったとあんたが言うのなら、おれは見なかったのかもしれない」

わたしは顔をふいた。「言ってほしいんだよ、ボブ。ただしそれが本当のことだった場合だけだ。自信がある場合だけだ。だから前は思い出せなかったのに、いま思い出したのかを訊いてるんだ。念のために。ね？」

少年はまた唇をなめて、落ち着かなげに床を見た。

「どうなんだ、ボブ。どうしていま思い出したんだ。前は思い出せなかったのにいま思い出したのはなぜなんだ」

「たぶん——思い出さないようにしてたせいだよ。わかるでしょ。そのことがちょっと怖いんだけど、どうにもできなくて、だからそこにないふりをするってこと。つまり——そんな感じだったんじゃないかと思うんだ。黒人のひとたちがいて、おれはひとりで、ほかに誰もいない。おれはその人たちのことを頭のなかから追い出そうとして、たぶんそれで……」

わたしはうなずいた。問題のその部分はそれで説明がつく。理屈が通っているように聞こえる——もちろん、わたしもボブもそう聞こえたらいいと思っているわけだが。

「さあ、ボブ。きみは誰もいなかったと無理やり思いこんでた。いないことにしてしまってたんだ。で、どうやって思い出したんだい」

「んっと」——目が曇る——「それは、たぶんあんたが何か言ったっていうか、したっていうか。思い出せないのは駄目じゃないかって怖くなったんだ。なんか検事さんたちを思い出して。で——でも、もちろん、あんたがあの人たちと似てるってわけじゃないけど――」

「いいんだ。気にするな。さ、つづけて」

「それで、黒人が怒鳴ってきたのを思い出したんだ。汚い言葉でわあわあ言ってきた。それでこっちが――いや、わかるだろ――向こうから返ってきたんだ、汚い言葉が」

「前はそんなことがなかったのに?」

「ん」

「あの辺へは何べんも行って、黒人たちを何べんも見たことがあったけど、前はそんなこと一度もなかったと」

「ん……あ、でも、別のとき、最初にあの場所に気づいたとき、体のでかい黒人の婆さんが立ってて、おれを見た。そのとき婆さんが何か言ったんだったかな」

「でもそれはかなり前のことだろう。それからあとは、四日前まで、ずっとそんなことは起きなかったんだろう?」

「ん」

「ん、じゃなくて、うん、だ。ん、じゃ駄目だよ。で、訊きたいのはなぜかってことだが――」

「えーと、たぶんおれのしたことが理由なんだ。よけようとしないでまっすぐ歩いていったから。別にどうでもいいよって感じでさ。それで向こうは、なんだこいつって思ったんだ」

「で……?」

「これも、筋が通るでしょ。完璧に話が合うっていうか……おれらがこれだよなって思った話にぴったりだよ」

わたしは写真を集めて書類鞄にしまった。

「よし、ボブ。これでいい。もちろんわたしはその黒人のひとたちを見つけなきゃいけないが。きみの話を裏づけるために」

「そう? うん、そうだね、たぶん」

「そうしなくちゃいけないんだ。いまの話のとおりだと証言してもらわなきゃいけない。それがなかったらなんにもならない。もしきみの思いちがいだったら、われわれはうんとまずいことになるかもしれないよ」

「でも」少年は不機嫌に言った。「その人たちが何を言っても、おれにはどうしようもないもんな。ただ意地悪をしたくて、おれなんか見てないっていうかもしれない。あの人たちは意地悪だから、たぶんそういうことをすると思うな」

「ボブ。わたしを見ろ」

「なんだよ。見てるじゃないか」

「わたしの目を見ろ」

少年は視線をあげた。わたしの目をしばらくじっと見た。

それから、顔をくしゃっとさせて泣きだした。

「お、おれに何を言ってほしいんだよ」咽《むせ》び泣きながら言った。「何を言、言ってほしいんだよ……。こ、黒人なんて見てないかもしれないよ。そ——それを——言わないほうがいいんなら、言わないから……」


……わたしは崖下の道に車をとめて、丘の頂上にのぼった。小さな畑があった。何列かの畝に、茶色くなりかけているトウモロコシの葉、しおれたサツマイモの葉、支柱にからみついたサヤエンドウなどがならんでいた。小道があったのでそれをおり、畑のそばの森にはいった。

黒人の住居は家というような立派なものではなく、木箱やトタン板のきれはしや薄くつぶした空き缶など、さまざまな廃品を組み合わせてつくった小屋だった。小屋の壁ぎわには、古い鶏小屋を改造したウサギ小屋が脚で地面から浮かせて置かれていた。毛替わりしかけている鶏が何羽か木立のなかで地面をつついていた。十三歳と十五歳といった感じの黒人の少年ふたりが、莢から豆をとりだして鍋にいれる作業をし、それを十歳くらいの少年が見ていた。わたしが、やあと声をかけると、三人ともぱっと飛びあがるように立った。年かさの少年がほかのふたりの前に出た。そしてわたしから目を離さず、

「母ちゃん、白人きたよ」と声をあげた。

少年が〝白人〟と口にしたとき、その言い方からトラブルの気配が漂った。うしろの小屋の出入り口から窮屈そうに女が出てきて、両手を腰にあて、黙ってわたしを見据えたとき、トラブルの気配が濃くなった。ボブが黒人の女をすごく意地悪そうな女と表現した意味がよくわかった。

これはとんでもなく難しい仕事になりそうだった。だがわたしはそのことよりも、この状況をつくりだした原因のことに考えが行った。こんなふうになるまでに、この人たちは何をされ、何を言われてきたのだろう?

地区検事はなぜあんなあてこすりを言ったのだろうと考えた。

やつは謝った。本気で思ってはいないことを言ってしまったとやつは弁解した。実際本気じゃなかったとわたしは信じたかった。しかしポロッと口から出るということは、ずっと前から心のなかにそういう考えを持っていたということじゃないのか？　人はその考えを持っていないかぎり、口にすることはないんじゃないか？

まあ……どうでもいい。わざとじゃなかった。つい口がすべったのだ。忘れるのがいい。実際、いままで忘れていた。なんにせよ、わたしは全然恨んではいなかった。

12　プレジデント・エイブラハム・リンカーン・ジョーンズ

へんなチビ男、いうた。こんちわ、奥さん。わたし名前、コズミーいいます。べんもしです。マミー、いうた。は、それがなした。ここらじゃ、べんもし、用ないわだ。チビ男、ポキートからしゃしん出した。この子、見たことあるか、きく。マミー、しゃしん見た。あっかもしんね、ねっかもしんね。この子とらぶるか。チビ男、じつぁーそーで、いう。あんたとお子さんらに、たすけちゃってもらいてーいう。

マミーいうた。はくじんの子たすけるギリないわだ、ジゴージゴクだ。チビ男、顔くしゃっちした。こういうた。でも奥さん、奥さんね、あっちにハタケあるでしょ。

マミーいうた。それ誰いうた。ハタケあっかもしんね、ねっかもしんね。ハタケんこと、なんも知んねかもしんね。

チビ男いうた。奥さんが、よかまえ、あのハタケいた、しんじるりゆーあるんです。奥さんとお子さんらいた。昼ごろあそこいたとき、この子来たでしょ。

マミーいうた。それ誰いうた。

チビ男いうた。この子いうてる、なんか、うわー怒鳴られたいうて。

マミーいうた。その子いうてる、なら、なしてわしらにきく。わしなんも覚えてねしな。

チビ男いうた。いや覚えてるはず、よかまえ、昼ごろですよ。これすごく大事んこと、奥さん覚えてるでしょ。

マミーいうた。覚えてる誰いうた。だいたい大事て誰に大事か。

チビ男いうた。お子さんら覚えてるかもでしょ。そこの立派なぼっちゃんら。

マミーいうた。わしの覚えてねこと、この立派なぼっちゃんらもなんも覚えてね。

ミスタ・ジョン・ブラウン（訳注―十九世紀の急進的な奴隷制度廃止論者で反乱の指導者）、うしろからマミーを押した。ミスタ・ジョン・ブラウン、チビなれどでかいアニたちみたよに話す。ミスタいうた、おいさんよ、おら――でもマミー、ミスタの口ぶったたいた。おもきりついたからミスタ、うしろへとんで、おらとジエンリル・ユリシーズ・S・グラント（訳注―南北戦争の北軍総司令官でのちの大統領。ジエンリルはジェネラル＝将軍のこと）をぶっ倒しそになった。

チビ男びびって、足ずりずりさがる。奥さんどーか答えてくなさいよ。答えてくなないとホーテーにひっぱらるよ、いう。

マミーいう。ホーテー、思い出させるできるか、は。いつからできるようになったか。

チビ男いうた。はい、奥さん、思い出せてつっつかれますよ。いっしょけんまい思い出すほがいいよ。覚えてないいうてると、シリつつショーコかくし、ツミおもいよ。

マミーいうた。けっこうさね。おせてくれてありがとな。ホーテーでその子見たことない、いおうかね。

チビ男、おらとミスタとジェンリル、見た。またマミー見た。マミー、にまっとしていうた。え、どうかね。わしらそうする、どうかね。

チビ男いうた。奥さん、ヒツモンにカンタンに答えてほしいだけなんよ。それくらいいいでしょ。イエスか、ノーか。よかまえ、この子見たか、それだけなんですよ。

マミーいうた。いったろ。見たかもしんね、見てねかもしんねて。

チビ男はなんかモソモソいうた。ちょっとまわり見た。こういうた。奥さん、ここら市の土地ですよ、わかってますか、誰か文句いうたらおタクらここ長くいられないよ。

マミーいうた。誰か文句いうたらその人自分がとらぶるよ。わし脅して、ほんとでないこといわせようしたら、とらぶるよ。

ふうむ。チビ男いう。

ふうむ。マミーいう。ほかになんか考えてるのかい。

チビ男、エヘンした。マミーの横のほう見た。奥さんここで暮らすのだいぶ骨でしょう、いうた。小さい、いい家、どうですか。お子さんら学校へかよえて、奥さん仕事にいけるよなとことかに。

マミーいうた。どうですかて、どうせえいうのかね、ミスタ。

チビ男いうた。そら、この子見たいうてくれたらおカネ出しますよ。わかるでしょ、奥さん。

マミーいうた。わかるよ、ミスタ、よーわかるよ。

チビ男、モゾモゾした。こういうた。これはっきりさせときたい。ギショーさせるのはできないし、やりたくもない。あんたにノドムのはシンジツだけだ。奥さんが何話すかとかんけいなく、エンジョしますからね。

マミー、にまっとした。そらそうだ。わしらコーイで話すだけだわね。

チビ男いうた。おねがいしますよ、奥さん。これジョーダンとちがうです。わかってほしいのは――

マミーいうた。わかってらね、冗談、誰いうたかね。チビ男、マミー見た。マミーまたわろうた。チビ男、もう行こかな、みたな顔したけど行かんかった。

で、どうしたいのミスタって、マミーいうた。

とにかくわかってもらいたいんですって、チビ男いうた。

マミーいうた。わかったいうただろ。なかへはいって話すかね、ミスタ。あんた疲れてるみたいだ。

チビ男とマミー、家にはいた。ミスタ・ジョン・ブラウン、泣きだいた。ミスタ・ジョン・ブラウン、まだチビなんで、マミー、男にひどいめにあうかも思うたんだ。ミスタ・ジョン・ブラウンいうた。マミーやられっぞ、プレスディント。マミーとじこめらってテッポで撃たれっぞ、ジエンリル。

口しめろて、おらいうた。口しめんからそういうた。あの男なんかしたらマミーじっとしてる思うか、いうた。

やられっぞ。ミスタ・ジョン・ブラウンはまだ泣く。とじこめらって、テッポで撃たれっぞ。パピーみたよに。

ジェンリル・ユリシーズ・S・グラント、ミスタ・ジョン・ブラウンに意地悪目《め》した。こういうた。口しめろ、チビ。パピーのこというな。考えるだけにせえ。チビ男とマミー、家から出てきた。ミスタ・ジョン・ブラウン、マミーに抱きついた。マミー、しゃがんでチビ抱いた。そんでチビ男のほう見た。

マミーいうた。ほんじゃ、あしたん朝いちばんに会おうに。ほかになんか話あるかね。チビ男いうた。奥さん、約束まもりますよ、なんがどうなても。そんでこれ、わたしだけに教えてほしいけど。ほんとのとこ、あの子を見たですか、見てないですか。マミーなんもいわんだった。しゃがんでミスタ・ジョン・ブラウン抱いてた。チビ男ににまっとしたけど、なんもいわんだった。

チビ男、帰った。

13　ハーグリーヴ・クリントン

以下に掲げるのは、タルバート‐エドルマン事件に関係する通信文（その、ごく一部）。最初のものは葉書で、あとは手紙だ。

ちくけんじさま、おきい、あかげのおとこ、あのエデルマンのおんなのこ、ころした。おんなのこ、たにまの、くさむら、しゃがんでた。ふく、はんぶ、おろしてた。あの、おきい、あかげのおとこ、おーおー、おれさそてるか、いうて、とらくとびおりた。そいつ、わるいやつです。わしにも、すけべえなこといっぱいした。でんきいす、してやってほし。ほんとのなまえ、わからない。なまえいっぱいある。たぶん、にしかいがん、いる。ろす、しやとる、しすこ、そゆとこだ。おきい、あかげのおとこ、つかまえてほし。わしにも、すけべえなことといっぱいした。とっくにころしてよかたやつです。（以下略）

拝啓

又聞きだけで言うのですが、わたしは友人から聞いた話から、ロバート・タルバートがジョゼフィン・エドルマンを殺したという説には強い疑いを持っています。むしろあの女の子はある立派な市民の手にかかって死んだ、それは自業自得だったんじゃないかと思うのです。彼女はその市民を誘惑したのです。わたしのその友人のような市民を。

その友人の名前を言うわけにはいきませんが、彼はきちんとしたビジネスマンで、すてきな家族を持っていて、あらゆる点で信用できる人です。彼から聞いた話では、ある日、彼は親切心からジョゼフィンに街まで車で送ってあげようと申し出たそうです。するとジョゼフィンが誘惑してきて、彼は抵抗できず、関係を持ってしまった。それから、とても馬鹿なことをしたものですが、よかれと思って彼女に名前と電話番号を教えました。それからというもの、彼は心の休まる日がなくなったのです。ジョゼフィンは彼と会う約束をしましたが、何度もすっぽかしました。会った日も、さんざんじらして、彼は頭がおかしくなりかけて、それでやっと彼女は手綱をゆるめるのです。ときどき体を許しましたが、それは彼への好意とか、たまには望みをかなえてやらないと悪いという気持ちからではありません。彼を引きとめて、もっと苦しめるためなのです。死んだ人を悪く言いたくありませんが、彼女は悪くて、ふしだらで、根性の曲がったあばずれ小娘でした。

わたしも名乗れませんし、いま書いたことはおおむね伝聞にすぎません。けれどもわたしは、タルバート少年が、犯人に同情の余地のあるあの殺人に関して完全に無実であることを確信しています。わたしが思うに、このわたしの友人、立派な市民であり、幸福な家庭人である男性は、あらかじめ約束をしてジョゼフィンと会ったのです（もしかしたら彼女のほうは約束を忘れたのかもしれません）。そして彼女の、いかにもあばずれらしい身勝手な態度にわれを忘れて……

親愛なるクリントン様

第三者を巻きこむことになるので根拠は申しあげられませんが、タルバート少年は有罪です。これは神かけて真実であり、わたしはあの少年に反駁の余地のない事実をつきつけて有罪を認めさせることができます。わたしがあの少年に認めさせることができる事実は、少年があなたに話した事実とはちがうものです。わたしはそれをするのに一セントたりとも要求しません。そして結果は保証します。きっと興味を持っていただけると思っています。どうかつぎの者にご連絡ください。

〃ミスター・スイッチ〃

身体刑協会　私書箱798号

市内

追伸　昼夜を問わずいつでも参上できます。

地区検事様

最近、パーリー・メイ・ジョーンズという黒んぼ女と三人の息子がエドルマン殺人事件について宣誓証言をしたと聞き、つぎのことをお知らせしなければと考えました。この女はこの地域でいちばん生意気でどうしようもない黒んぼで、この女の言うことにも、息子たちの言うことにも真実はありません。家族全員が嘘つきの、詐欺師の、ならず者です。わたしは聖書に手を置いて、この者たちの誰も信用しないと断言できます。

この家族には以前、女の夫で、息子たちの父親である男がいました。名前はユニオン・ヴィクトリー・ジョーンズ（訳注―ユニオンは〃北軍〃、ヴィクトリーは〃勝利〃の意）で、もとはうちのプランテーションの小作人でした。彼らはいつも態度が大きく、口答えをするので、本当なら五分とそばに置きたくなかったのですが、戦争中は黒んぼが足りなかったのです。しかし彼は、うちの倉庫管理人が作物の重量をごまかしたと言いだしたので、とうとう追放せざるをえなくなったのでした。

わたしは彼にプランテーションから即刻出ていくよう命じました。ところが彼は収穫がすむまで出ていかないと突っ慳貪に言い、立ち退きの強制執行をしようとする保安官に悪態をつくしまつ。彼は即座に逮捕されて留置場にいれられました。そして脱走しようとして、別に気の毒とも思いませんが、殺されました。彼は正真正銘、悪い黒んぼでした。家族も同じくらい生意気でどうしようもない連中です。白人を憎んでいるばかりか、それ以上に法を憎んでいるのです。これは疑う余地のないことですが、彼らは今回のように司法を妨害するチャンスを見つけると……

……午前零時すぎ、キッチンの椅子にすわってカップ一杯のホットミルクを飲んでいると、アーリーンが奥の階段をおりてきてこちらを覗いた。アーリーンはこそこそ覗き見をするタイプの女だ。正面からアプローチできず、足音を立てずに歩き、さえずるような声で話し、小首をかしげる。そういうのをかわいいと、かつてのわたしは思っていたような気がする。いまや髪にカーラーをたからせ、顔にクリームを百グラムほど塗りたくった五十女だが、まあそれは言葉にしないほうがいいだろう。

「ねえあなた」アーリーンがはいってきた。「そろそろ寝たら?」

「いいんだ。もう少し起きているよ」

「でも睡眠をとらなくちゃ。でないと明日、気分がよくないわよ」

わたしは何も言わなかった。この女はこれまで一万回ほどいまの台詞を言ったが、わたしは一度もどう返事をしていいかわかったためしがない。知的とされている男、少なくとも平均よりは知的と言っていい男は、どうしていつもこういう馬鹿な女と結婚してしまうのだろう。

アーリーンはテーブルのわたしの隣にすわった。わたしに〝寄り添って〟と彼女なら言うだろう。体を押しつけてきたので、フェイスクリームの臭いとカールローションの食用酢っぽい臭いが嗅ぎとれた。彼女がわたしのミルクを〝盗み飲み〟しにくるのではないかと怖れたが、幸い彼女はそれを控えた。この〝かわいい〟行動だけはやめさせることに成功したようだ。

「また嫌ぁな手紙を読んでるんだ」アーリーンは鼻に嫌悪のしわを寄せた。「どうしてそういうの読むの。人間の意地悪で醜い心がわかるだけなのに」

「前に説明したはずだよ。読むのはわたしの義務なんだ。このなかにタルバートの有罪か無罪を証明する証言があるかもしれないからね」

「でも無罪だってこと、あなたはもう知ってるじゃない！　そうでしょ」

わたしは溜め息をつき、首をふった。「そうか？　ありがとう、アーリーン。おかげでぐっと気が楽になったよ」

「だって。あなた言ったじゃない――」

「いいだろう。たしかにわたしは最初、少年の犯行という線はあまり有力じゃない気がしていた。しかしそれから状況が変わったんだ。わからないか、アーリーン。そんなに複雑なことじゃないぞ。状況は変わるもので、ある日本当だったことはつぎの日は本当でなくなることもあるんだよ」

「でも」――どうやら彼女には理解できないようだった。彼女には深すぎるのだ――「あの黒人一家のことは？　あなたは――」

「頼むよ、アーリーン。あなたはああ言った、こう言った。何げなく言ったことをあとでしつこく言わないでくれ。きみはなんなんだ。わたしの妻か、それとも良心か」

「まっ、あなたったら……」アーリーンはころころ笑う。「でもほんとに言ったじゃない——」

「そのときは言った」わたしは溜め息をついた。「そのときはだ。コスメイヤーがその黒人一家を見つけて証言をとったときはね。決定的だと思ったんだ。一般の人もそう考えると思った。でもそうじゃないらしい。みんなは納得しきれないようだ。それならわたしの思い違いかもしれない。なんにせよ不起訴処分にはできないんだ」

アーリーンはゆっくりとうなずいた。クリームを塗った額にしわが寄り、べとべとした白い芋虫が何匹もできた。

「なるほどね。じゃ、あの少年が有罪か無罪かなんて関係ないってことね？　少年が無実を証明できても関係ないと。少年がやったかどうかじゃなくて、みんながどう考えるかが大事だと。みんなが有罪だと言ったら——」

「みんなはそんなことを言ってない。ただ無実だとは言ってないだけだ。無実だってことを納得してないんだ。わたしも」——そこでつまった——「わたしも新聞がこんなに騒ぐ理由がわからない。もう雑巾はからからなのに、まだ水をしぼり出そうとしてる。ひとつの新聞が何か書いたらほかのがあとを追い、それを凌ごうとする。この報道合戦が最初どんなふうに始まったかは知ってるが――」

「でも、あなた。おれは新聞に影響されないって言ったじゃない。いつもそう言うわ」

「ああ、わかった」

「ほんとにそうよ！　あなたがそういうのを何度聞いたかしれない――」

「まったく。きみはきっと回数をかぞえてるんだろうな。さあ教えてくれ。わたしは新聞に影響されないと何回言った？」

「お馬鹿さん！」アーリーンは無理に笑った。「あたしをからかいだしたのね？」

わたしは首をめぐらして妻を見た。ゆっくり、じっとり、視線をあいつの顔に這わせた。わたしの視線が少しずつ動いて何を見ているのかを、あいつにわからせてやった。

それから目をそらして、ミルクのグラスをとりあげた。

アーリーンは黙っていた。沈黙は一分以上つづいたように思う。ほとんど息をしていないように見えた。それでも笑いはつづいていた。肩の震えがこちらの肩につたわってきた。見なくても、体と顔が死後硬直みたいにこわばっているのが感じとれた。体を前後に揺らして、自分は愉しい気分であって、傷ついてなどいない、悪意を向けられていることには気づいていないというふりをした。そのふりを裏切ってしまう声が出そうになるのを抑えていた。

名演技だった。サラ・ベルナール（訳注—フランスの有名な女優。一九二三年没）もかなわないだろうと思った。でも考えてみると、名優サラもひとつの演技をアーリーンほど何度もくり返して演じはしなかったはずだ。しかもアーリーンのレパートリーはこれひとつじゃない。ほかにもある。〝困りはてている子供〟、〝かわいく泣く女〟、〝虐げられても威厳をなくさない女〟、エトセトラ。どれもみごとなもので、最初の数百回は見ていて心を動かされる。なかでもずば抜けているのが、〝黙って含み笑いをしながら耐えしのぶ犠牲者〟だ。これは上演を重ねてほぼ完璧に近くなっている。

「ね、ねえ……」アーリーンはようやく口をひらき、あえぐような息づかいと細かな震えを声に加えた。「あ、あなた、あたしに何をしたかわかる？　もうあたしをからかったりしないで」

「きみがそのことに関心を持っているなら、新聞に対してわたしがどういう態度をとってきたかをはっきりさせておくよ」

「ええ、そうしてほしいわ。あたしのためじゃなく——」

「わたしは新聞には影響されないが、新聞に反映される世論には影響される。新聞は世論を主導するとか醸成するといったことをそれほどやらないが、世論を反映することはちゃんとやっている。新聞は人々が求めているもの、これから求めていくものを示すバロメーターだ。人々より少しだけ先走ることはあるかもしれないが、遅れることはけっしてない。世論と大きく意見を異にすることは絶対にない。食いちがったときは急いで世論に合わせる。さもなければ廃刊だ……。わたしの言ってることがわかるか、アーリーン?」

「もちろんよ。わかるわよ」アーリーンは熱をこめてうなずいた。「新聞には影響されない……新聞に載っていることに影響されるだけ。そういうことね?」

「そうじゃない! わかってるくせに。きみはわざとこっちの言葉をねじ曲げる。わたしが言ったのは——言ったのは——ええい、もういい」

「可哀想なひと」アーリーンはわたしの腕を軽くたたいた。「あなたが困っているときに、あたしったらお馬鹿さんで嫌になっちゃう」

「もういいんだ。うまく連邦判事に任命されたらこの事件の重荷から解放されるんだから。任命されたらだがね。コスメイヤーはできるだけのことをやってくれてるが……」

しかしかりにやっていなくても、コスメイヤーをとがめるつもりはない。彼が逆に任命を妨害してもだ。わたしをどうしようもないまぬけに見せて、判事候補からはずさせてもだ。コスメイヤーにはわたしを候補からはずさせることができる。わたしを度しがたい人種差別主義者に見せることができるのだ。もしわたしが例の三人の子供を持つ黒人女性を、世の中に不満を抱いている、嘘つきで、無知で、復讐心に満ちた女だと攻撃すれば——

コスメイヤーはでんと構えて、わたしが自滅するのを見ていればいいのだ。

「あなた……」

「うん？」

「あなたが任命されたら——きっとされると思うけど——あの少年はどうなるの？　そのときもまだ容疑者のままだとして」

「さあ。わたしの後任が事件を担当するからね」

「そう。そうね。その人の責任になってくるわね」

わたしは妻を見て言った。「アーリーン、心配することが欲しいのならわたしがやろうか。きみは人の心配をする前に自分の心配をしたほうがいいんだが、それがなんだか教えようか」

「まあ！」アーリーンは笑った。「ねえ、からかうのはよしてちょうだいよ」

「もうベッドへ行くんだ。聞こえたか、アーリーン。ベッドへ行ってくれ。いますぐ！」

もちろんアーリーンはわざと誤解した。

「ああん」アーリーンはじらすようにゆっくりと立ちあがる。「もう、いやらしいんだからぁ！」

テーブルをまわりこんで、わたしの正面に来ると、ポーズをきめた——〝薄いシルクの女〟（もっと正確に言えば〝カーラーとクリームの妖婆〟）だ。わたしは急いで目をそらした。さもないと噴き出すからだ。世の中には笑ってはいけないものもある。

アーリーンは太らない。いまでも二〇年代に〝かわいいスタイル〟と呼ばれた体型を保っている。胸がたいらで、ヒップの張り出しがなく、胴体に蝶番で腿がついている感じ。指でつまむ部分が細長い洗濯バサミのような体だ。

ブラックストーンの『イングランド法釈義』みたいなぶ厚い本でも内腿《うちもも》のすきまに余裕ではまるだろう。

わたしは目をテーブルに釘づけにしておいた。しばらくするとドアがひらく音が聞こえたが、閉まる音はしなかった。

「アーリーン。ベッドへ行ってくれと頼んだはずだぞ。頼むよ」

「ひどいことじゃない?」アーリーンはゆっくりと言った。「ひどいことじゃない? いつもと同じ人間なのに、前と同じ人間なのに、急にそれじゃ駄目だってなるの。悪いってことになるの。駄目な人間だって言われる。駄目な人間みたいに扱われる。そうじゃないってどれだけ説明しても無駄なの。何を言っても、しても、駄目なの。自分はいい人間だ——と思ってた、いい人間であろうと努力してきた——その努力をずっと怠らなかった——なのにいまはもう悪い人間だと言われる。そのことで罰を受ける……永遠に罰を受けるのよ」

わたしはようやく目をあげ、そこそこ感じのいい笑みをどうにか浮かべた。

「心配しなくていいよ。新聞もそう長くは大騒ぎをつづけられない。タルバート少年はだいじょうぶだ」

「タルバート少年?」アーリーンはきょとんとした顔で言った。「タル——ああ、あの子! ごめんなさい。あたし、ほかの人のこと言ってたの……」

自分のことを、だな。

14 ドナルド・スカイスミス

午前五時ごろ、出勤した。ちょうど掃除婦が清掃を終えたところで、ブラインドが高く巻きあげられ、電灯が全部ともされてまばゆく燃えていた。

わたしは机の引き出しから酒をとりだし、窓ぎわへ椅子を寄せた。その椅子にすわって、酒を飲み、煙草を吸いながら、街を眺めた。地平線から投げられた日差しの赤い槍が黄みがかった銀の破片と砕けて散っていた。ゆっくりと剣が抜かれるように夜が明け、日の光がやわらげられることなく輝いて、貪欲に、獰猛に、慈悲深い影を駆逐していき、この小柄な男、すなわちわたしに戦えと、自分の仕事を見て、いい出来だと言ってみろと挑む。

わたしは長いことそうしていたので、しまいにはわたしが街を見ているのではなく、街がわたしを見つめはじめた。わたしは椅子にすわったまま机のうしろに戻り、立って室内を歩きまわったが、それでも街はわたしを見ていた。ローズ奨学金とグッゲンハイム奨学金を受けたことがあり、ピュリッツァー賞の受賞者で、現在は新聞社の主筆、そうした属性を持つこの男――この奇妙な動物、ドナルド・スカイスミスを見ていた。

有能な男？　そのとおり。知的な男？　まあそうかな。人はそう思うだろう。心優しい男？　もちろんだ。まちがいない。

だったら、なぜなんだ。なぜドナルド・スカイスミスは、こんなドナルド・スカイスミスになってしまった。何が起きたんだ。自分はいったい何をしていたんだ。

自分はいったい何を手にいれたのか。

わたしはオフィス内を見まわした。ブラインドをおろして、羽をぴっちり閉め、電灯を全部消した。

このほうがいい。焼けつく目の痛みがましになった。脳を引き裂くすさまじい頭痛が少しやわらいだ。

わたしは机につき、両腕の枕に頭をやすめた。

ゆうべは一睡もしていない。家に帰るとまもなく、テディの容態が急に悪くなったのだ。医者が帰ったのは――夜中の一時だった。子供たちは目がさえて眠れず、母親のことを心配して、だいじょうぶだという保証をわたしから得ようと必死だった。なんとかなだめて保母に寝かしつけてもらったが、わたしはとうてい眠れなかった。もっともテディのことがなくても眠るのは無理だったかもしれないが。

テディ……シオドラ……可哀想なテディベア……

だが、妻はもうだいじょうぶだ。これからはすてきな日々が送れるだろう。いまはすでに——ある意味で——昔と同じくらいによくなっている。笑ったり、おどけたりしながら、ポップコーンを食べていても十品のコース料理に舌鼓を打つような喜びを感じるだろう。ああ、テディの声が聞こえるようだ。叫んだり、きゃっきゃっと笑ったり、〝おっと〟とか、〝おお〟とか、〝ああ〟とか言ったり、くすくす笑ったり、ふふんと鼻で笑ったりして、ただ単純に生きているということから生まれる驚くべき喜びを味わう声が。わたしは首に彼女の細い両腕がまわされるのを感じた。あの大きすぎるほど大きな目が笑みを含んで無邪気にわたしの目を覗きこむのを見た。かつて自分が彼女に煩わしさを感じたり、かるく苛立ったり、ほんの少しだけ退屈したりしたことを思うと驚きだ。わたしたちがいっしょに暮らすようになってから、本当に短い時間しかたっていない。結婚したのはまるで昨日のようだ。

わたしはオクラホマ・シティで働いていた——いやちがう、タルサだ。なんでそんなことをまちがえるんだろう。テディは、ええと、たしか……ああ、そうだ……テディはあそこの大学にはいろうとしていて、銀行の窓口係をしていたんだ。出会いのきっかけはそれだ。わたしはあの銀行へ給与小切手を現金化しにいった。そこから彼女をベッドに誘いこむまでほんの一歩だったような気がする。彼女が処女だと知ったときにはもう遅かった。テディはそれをわたしに仕掛けた傑作なジョークだと思っていた。彼女はそれをすばらしいひとときだと考えた。きゃあきゃあはしゃぎ、大きな歓喜のうめき声をあげたので、大家が階段をのぼってきて、ドアをがんがんノックしたものだ……。その週の給料は少ししかなかった。借金取りが差し押さえていたからだ。けれどもテディはかなり高級な腕時計とずっしり重い金の十字架を持っていたから、質にいれて、カンザス行きのバスに乗ったのだった。所持金は旅費と結婚許可証の発行手数料と判事への手数料でほぼ消えた……。テディは妊娠一ヶ月だった。それが癌の原因になったとわたしは思っている。なぜなら、言うまでもなくわたしたちには中絶以外の道は論外で、しかも良質の手術を受けるだけの金がなかったからだ。テディは何日も血を流しつづけた。よく血が一滴もなくなってしまわないなと思ったくらいだ。出血がとまったあとも痛みは長くつづいた。毎晩わたしは彼女を膝にのせて抱き、赤ん坊をあやすようにゆっくりと揺らしたものだ。そうしないとテディは眠れず、痛みもやわらがなかったからだ。まるでそうすることで痛みの一部が彼女から出てわたしにはいり、痛みを分かち合えるかのようだった。ひと晩中そうしている夜もあった。ロッキングチェアが軋るごとに、ひとつの考えがわたしの心に深く深く焼きつくようだった。わたしはその考えから歌をつくった。それは約束の歌だった……**二度と痛い思いはさせないよ、ぼくのテディベア。ドンのかわいいテディに、二度と痛い思いはさせないよ。絶対、絶対、絶対だよ、テディベア。**だいたいこんな感じの歌だった。そのあとリフレインがつづいた……。**バイ、バイ、バイ・オ・ベディ、お眠り、お眠り、ぼくのかわいいテディ。お眠り、お眠り、ぼくのかわいい……**

……電話が鳴っている。目をひらく前に受話器をひっつかんでいた。習慣のなせるわざだ。消防隊の馬が鐘の音を聞くやいなや消防車の前へ飛んでくるのと同じだ。礼儀正しさと迅速な行動に実用的な意味はない。

かけてきたのは大尉だった。まだ交換手と話していた。

「いるのはほんとにドナルド・スカイスミスかね」

「ひひひ。そ、そうですよ。スカイスミスさんです」

「ほんとにたしかかね。なりすましの偽者じゃなくて?」

「はい、たしかです。てぃひひ」

わたしは腕をぐっと伸ばして受話器を持ちあげ、狙いをつけて、力いっぱい受け台にたたきつけた。ふたりの鼓膜が破れていればいいと願った。あの雌犬が椅子から転げ落ちていればいい。大尉が半ヘクタールのベッドから吹っ飛んでいればいい。あのゲスで、汚い、くそたわけの、腐りきった、ファシストのじじいめ。あの淫売買い野郎にほえづらかかせてやるぞ！　あいつの罰当たりな売女どもの足首をつかんでブンブンふりまわし、その売女どもであいつをぶったたいてやる。それから女たちを積み重ね、そのてっぺんにじじいを乗せて、全部が炭になるまで燃やしてやる。あのじじいを……

また電話が鳴っていた。どんよりした気分で電話機を見た……。あいつをぶったたく？　燃やす？　なぜそんなことをする必要がある？　あのじじいはわれわれ以上に自分自身を苦しめているのだ。そうにちがいない。そうであるはずだ。理解力は当然、感受性を前提としている。ひとが苦しむとわかっているなら、それがどんな苦しみだか自分で感じられないはずがない。じじいはどんなことでもよく考え、どんな結果が生じるかを完全に理解した上でする。自分が何をしているのかちゃんとわかっている。わかった上で、悲惨さや、暴力や、偏見や、無知や、階級的憎悪の地獄を創り出す。そして自分が熟慮した上で何を創り出したかを知っていることで、地獄にいるよりもっとひどい熱さを自分で味わっているのだ。

しかし、なぜだ？　なぜあいつはああなんだ？　なぜおれはこうなんだ？　おれたちはみんな自分の地獄を掘るものと決まっているのか？

わたしは受話器をとった。「もしもし」

「ああ、ドン。今朝の調子はどうかね」

「まああです」

「テディは？　テディの具合はどうだ、ドン？」

「まああです。だいぶよくなりました。あなたに言っておいてほしいことがあるとわたしに頼みましたよ、ゆうべ——眠りにつく前に」

「それは嬉しい。どういう言伝《ことづて》だね」

わたしはそれを伝えた。わたしがでっちあげた言伝ではない。テディが言ったとおりに伝えたのだ。

「こういうのです。『あの老いぼれの馬のケツ野郎に、あたしのケツにキスしやがれと言っておいて』」

「すばらしい！」大尉は小さく笑った。「テディはすばらしい女性だ。初めて会った瞬間からわしは好きになったよ。わしはあまり人を好きにならないが」

「それはすごい偶然ですね」

電話がしばらくのあいだ完全に不通になったように思えた。相手が大尉でなかったら、電話を切られたと思うところだ。だが大尉はそういうやり方をしない。会話を打ち切ると決めたらそのように言う男だった。そう言わないうちは……

わたしの心臓が一種の鈍い興奮と、希望と、自分を怖れる気持ちで、強く動悸を打ちはじめた。わたしはまだこの職についていたいのか？　もしそれが許されるならここでの仕事をつづける気が——つづけたい気持ちが——あるのか？

大尉が咳払いをした。ちょっと間を置いてわたしの注意を惹いた。「なかなか辛いものだな、ドン？　ダーウィン理論の妥当性をまざまざと示されるのは。人間は木の上では快適に過ごせないかもしれないが、その本性上、上昇志向を持った動物だ。人間は——きみは、なお生きて、前進せずにはいられない」

興奮が高まり、それとともに自分を怖れる気持ちも募ってきた。わたしはこの職場にとどまりたい。この仕事をつづけ、生きつづけ、前に進み、上昇したい——けれどもそう願っている自分が嫌でたまらない。

「どうなんだろうな、ドン」大尉は穏やかに言った。「ちょっと考えてみたいものだな。が、それはそれとして――例のタルバート少年の事件だが、あれはどういうことなんだ？　あそこまで極端にやらせるつもりはなかったんだぞ。それはきみにもわかっていたはずだ。目的はライバル社を蹴散らすことであって、あの少年を攻撃することじゃなかった。なぜきみはあそこまで徹底的にやったんだね？」

「それは……」わたしは机を見つめながら決断しようとした。「でも販売部数は飛躍的に伸びましたよ」

「だが失ったものも大きい。販売部数は一時的に伸びたが、そのぶん良識のある定期購読者が去ってしまった。だからわしは部数が伸びたとは思っていない。それにきみはまだわしの質問に答えていないぞ」

「答える必要はないでしょう。あなたはもう知ってるんだから。この新聞社で起きることはなんでもご存じなんだ」

「そのとおり。わしはもう知っている。だがひとつだけ知らないことがあるんだ。なぜきみがウィリスみたいな男を社に置いておいたかだ。あれはきみより抜け目ない男のようだからね。きみの対応はえらくまずかったよ。自分の潜在的ライバルを排除するというのは、有能な人間が心がけるべきことのひとつだ」

「ウィリスは新聞屋として有能です。馘にする理由なんてありませんでした」

「ああ、ドン。きみにはますますがっかりだよ」

「彼が組合をつくりはじめたとき、わたしは昇進させようとしたんです。でも彼はわたしを嘲笑《わら》いました」

「充分な昇進じゃなかったからかもしれんぞ」

「そうかもしれません」

大尉の溜め息が聞こえた。あのハゲタカじみた顔が何か考え計算する表情になるのが目に浮かんだ。「タルバート事件の話に戻るぞ。きみは窮地におちいったが、なぜそのまま動かなかった？ 振り子を逆方向にふって、少年を擁護し、弁護士費用のカンパを呼びかけたりして――少年の扱いを前とは反対にすることをなぜやらなかった？ それをやれば、またほかの社を出し抜けたし、以前の購読者が戻ってきて販売部数が回復しただろう。われわれはそれをやらなくちゃいけない。少年を解放しなくちゃいけないんだ。なぜ早くそれを始めなかったんだ？」

結局あの少年はひとつのストーリーにすぎないということだった。ストーリーがネタ切れになれば、別のストーリーが必要になる。わたしは言った。「理由はただひとつ。わたしに知恵が足りなかったということです」

「なるほど……」大尉はつぶやいた。「まあ知恵が足りないことに気づくのは知恵がある証拠だが。もしかしたら……」

「はい？」わたしは言った。**声に物欲しげな熱がこもってしまっただろうか？**「なんでしょう」

「いやね。棍棒をふりまわしてきみをせっつく必要はなかったのかもしれないな。棍棒が手にあったものだから、ついふりまわしてしまったが、そんな必要はなかったのかもしれんよ。それをしないほうが、きみはもっとうまくやれたのかもしれん。ということで……ちょっと窓のところまで行ってもらおうかな。外に首を出してくれ」

「え？」

「聞こえたろう。窓から外に首を出すんだ。それから戻ってきて雨が降ってるかどうか教えてくれ」

「嫌です！　それは――そんな必要はありません。雨が降ってないことはわかります」

「ドン」

「嫌だ！　雨は降ってないと言ってる——」

ところが、聞こえてきた。一陣の風が吹いたと思うと、窓ガラスを雨粒がたたきだした。

わたしは待った。またあの死んだような長い沈黙があった。それからようやくまた溜め息が聞こえた。「きみの誤りはごく平凡なものだ。シンボルを怖れたんだ。きみはわしに人形のように操られていると思っている。きみはそれが気にいらない。屈辱を感じている。シンボルがもたらす連想によって誇りを傷つけられたと思っている。しかしわしはきみをテストしているだけだ。きみの観察力をね。前に進むには、上にのぼるには、観察する必要がある。もっとも……きみはとても疲れているんだろうな。とても、とても疲れているにちがいない。街に出てコーヒーを飲んでくるといい」

「い、嫌だ！　嫌だ。あんたいったい何様のつもりなんだ？　自分を何様だと思ってるんだ？　神様か？」

「そうだよ。きみは自分を神だと思わんのかね。さあコーヒーを飲んでこい、ドン」

「わ、わかった。わかりましたよ」

わたしは受話器を机の上に置いた。そうっと置いた。市内部の部屋を通り抜けて、エレベーターでロビーにおりた。足もとも周囲もろくに見ずに通りに出て、ランチルームに向かった。

ランチルームの前に来たが、通りすぎた。バーにはいった。

革張りのスツールに腰かけ、ダブルのスコッチの水割りを注文した。

もう少しで飲み終えるというとき、ウェイターが肩に手を触れてきた。

わたしはあとについて電話のところへ行った。

「はい、大尉」

「棍棒は必要だっただろう、ドン。きみは追い立ててやらないと駄目なんだ。だが、もうきみを追い立てる手段がない。圧力をかけるすべがない。もうテディの健康は使えないからね。きみを誘惑したり脅したりして必死に働かせたくてもその方法がない」

「ないですね。おかげでいい気分だ」

「いまほかの社員がきみの机を片づけている。給与小切手も作成中だ。そこにいたまえ。あと何分かでコピーボーイが一切合財持っていく」

「いま九時半。この待ち時間も一分残らず計算にいれてもらいたいですね」

「それはそうだろう。小切手の額は九時四十五分までの給料を含んでいるよ。それから、ドン……」

「なんです」

大尉は黙っていた。

「言ったらいいでしょう！　何が言いたいんです」

大尉は申し訳なさそうな咳をした。まるで大尉らしくなかった。

「わしには言えんよ、ドン。思っていることを言葉にするのは無理なようだ。言えるのは、お気の毒にということだけだ。テディが亡くなったと聞いたときは、本当に気の毒に思ったよ」

訳者あとがき

作中にスリットカメラによる航空写真が出てくるが、不思議な小道具を使うものだとみなさんは思われなかっただろうか。

スリットカメラというのは、シャッターではなくスリット（細いすきま）で露光するカメラで、たとえば競馬の写真判定に使われる。ゴールインする馬群がカメラのスリットの前を通過するとき、フィルムが馬たちの速度に合わせて巻かれる。すると馬たちが静止し、背景が流れている写真が撮れる。

中学生がスリットカメラで世界一長いパノラマ写真を撮影しようとするのが、誉田哲也の小説『世界でいちばん長い写真』（光文社文庫。映画化作品あり）だ。こちらはある地点に据えたスリットカメラを水平に回転させ、その回転に合わせてフィルムを巻く。三百六十度以上回転させれば、同じ景色を何度も繰り返す長いパノラマ写真が撮れるというわけだ。

スリットカメラによる航空写真の撮影は、衛星写真に取って代わられる前、一九四〇年代から七〇年代にかけて、地図作製や地形調査のために行なわれていた。この場合は一定速度で水平直進する航空機から地上を撮影し、その速度に合わせてフィルムを巻くのである。

本作は一九五〇年代の話で、時代的には別におかしくないが、しかしなぜそんな仰々しいことをするのか、というのが私の疑問だ。高価な機材と訓練を積んだパイロットが必要だから費用は馬鹿にならないだろう。しかも撮った写真は何枚もの普通のサイズの写真に切り、シャッフルして少年に見せるのだから、空から普通のカメラで何枚も写真を撮ればいいではないか。端と端はそうぴったりつながらなくてもいいはずだ。

私が思うに、これはやはり空から〝神〟がすべてを見ているという感じを出すためにトンプスンが選んだ小道具なのではないか。だとすると、コスメイヤー弁護士は〝神〟的な人物ということになるが、本作にはもっとはっきり〝神〟を連想させる人物が登場する。スター紙の発行人である大尉だ。このふたりには、じつは共通点がある。それはどちらにも実在のモデルがいて、トンプスンはその人物たちを嫌っていたという点だ。

以下、ロバート・ポリート Robert Polito によるジム・トンプスンの伝記、Savage Art : A Biography of Jim Thompson (1995) に依拠して説明しよう。

コスメイヤーのモデルは、オクラホマ州の有名な刑事弁護士、モーマン・プルーエット

Moman Pruiett（一八七二〜一九四五年）だ。巧みな弁舌と得意の物真似を駆使したはでな法廷パフォーマンスで知られ、本人によれば「殺人罪の容疑者三百四十三人のうち三百三人を自由の身にし、ただひとり死刑判決を受けた依頼人も大統領特赦で命拾いした」という辣腕弁護士で、〝殺人者の救世主〟の異名をとった。一九四〇年に、オクラホマ・シティでトンプスンの左翼仲間十八人が逮捕されたとき、この弁護士が助けてくれたのだが、トンプスンはこの男が大嫌いになった。逮捕者のひとりの十代のガールフレンドが事件を依頼しに訪ねたとき、あろうことか放尿プレイを要求したことと、政治的に超保守で、かつ悪辣な反ユダヤ主義者だったことが理由だ。

コスメイヤーは本作（一九五三年）のほか、Cropper's Cabin（一九五二年、未訳）、Recoil（一九五三年、未訳）、『深夜のベルボーイ』（一九五四年、三川基好訳、扶桑社）、『殺意』（一九五七年、田村義進訳、文遊社）などにも登場するが、彼をリベラルなユダヤ系弁護士にしたのは、モデルがその属性を嫌がりそうだからだろうと、トンプスンの友人は語っている。

つぎに大尉のモデルだが、こちらはトンプスンが一九四七年に臨時雇いの記者として就職したサンディエゴ・ジャーナル紙の発行人、ジョン・A・ケネディだ。彼は自分のことを〝大尉〟と呼ばせる人物だった。第二次世界大戦中にある軍関係の仕事をするさい、形の上でその階級を与えられていたのだ。トンプスンはある市会議員に打撃を与える記事を書いた。するとその議員から大尉に電話があり、政治家たちと深いつきあいをしている大尉はトンプスンを厳しく叱責した。トンプスンは憤激して新聞社を飛び出し、そのまま辞めてしまった。在職期間はわずか九ヶ月だった。

余談になるが、ここにちょっといい話がある。このとき、市内部デスクのフレッド・キンが大尉のところへ怒鳴りこみ、「ケネディ、現場に口出しするのはやめてくれ。おかげで有能な記者が辞めちまったじゃないか」と抗議した。ケネディが、「おれのことは大尉と呼べ」と言うと、キンは、「じゃ、おれのことはキン大佐と呼んでもらおう」と返したという。キンは戦争中、本物の大佐だったのだ。トンプスンは『失われた男』（一九五四年、三川基好訳、扶桑社ミステリー）で新聞社の原稿整理員を主人公にしていて、その上司の市内部デスクが〝大佐〟と呼ばれているが、こちらはそれを喜んではいない。

話をもとに戻すと、コスメイヤーと大尉は、強い権力や実力を振りまわすタイプの人物で、そのどちらも「神」の雰囲気を強く帯びている。もちろん神は神でも、グノーシス主義のほうでいう、悪に満ち満ちた不完全な世界を創造したデミウルゴスだ。

トンプスンのもうひとつの伝記、Jim Thompson : Sleep with the Devil (1991) で、著者のマイケル・J・マコーリー Michael J. McCauley は、大尉は神の〃代役〃であるとする。トンプスンの世界に神はいないのだから、代役だというのだ。要するに悪いのはある種の人間であり、理不尽で横暴な神のイメージはその比喩だという捉え方だろう。しかし私にはどうも違和感がある。

これについては『失われた男』の巻末で、コラムニストの中森明夫氏が同趣旨のことを書いておられる。バリー・ギフォードの「ジム・トンプスンの神なき世界」という論考について、トンプスンの小説世界に神様はいないなんて、とんでもないと異論を唱えているのだ。

トンプスンの小説世界に「神様はいない」って？　本当かい？　……そりゃないぜ、バリー！

ドストエフスキーが神ともっとも遠く、それゆえ、もっとも近しい作家であったように、トンプスンの小説を読む時、いつも私はそこに「神」の存在を感じる。いや、ジム・トンプスンという作家は、ほとんどそのことだけを書いていると言ってもよい。
つまり――。
神様はたしかに実在する！　少しばかり狂っていらっしゃるけれど……。そう、それは「狂った神様の世界」なのだ、と。

これで締めてもいいのだが、それでは他力本願すぎるので、蛇足のまとめを加えておこう。

ジム・トンプスンは、初期のころにプロレタリア小説的作品を書いたし共産党にも入党した。そのころは、人間の苦しみは人間社会が作ったものだから、社会を変えれば解決するという希望を持ったのかもしれない。だが、しだいに個々人や社会がどうあがいても、人間というやつは何か人間を超えたものに取り憑かれているのではないかという考え方になっていく。

この『犯罪者』は、長さから言えば小品だが、トンプスンが自身の文学の特質を明確に意識して書いた本格的トンプスン作品だと言えるのではないだろうか。

（黒原敏行）

解説

主観性の檻――ジム・トンプスンの多視点

吉田 広明（映画批評）

文遊社でジム・トンプスンの未訳小説が出始めた時には、プロレタリア小説（『天国の南』）、アルコール依存症の療養施設の群像劇（『ドクター・マーフィー』）と、まだこれだけ別な世界がトンプスンに残されていたのかと驚いたが、『殺意』（57）にはさらなる驚きが待っていた。全十二章すべて語り手を異にする多視点小説だったのである。出世作にして代表作の『おれの中の殺し屋』（52）、それと対をなす後期の代表作『ポップ１２８０』（64）をはじめ、分裂した自我がページを寸断するという強烈なラストを迎える『死ぬほどいい女』（54）など、トンプスンといえば一人称と思い込んでいた先入見を叩き潰されたのだ。今回ここに訳出された『犯罪者』（53）は、『殺意』のように厳密に全章語り手を変えるわけでもないのだが、トンプスンが初めて多視点を用いた小説であり、『殺意』の先駆ということになる。しかし、では『犯罪者』、『殺意』は、トンプスンらしさが薄い、ないし、これまでと全く異なるトンプスン像を現わすのかと言えばそうではない。確かに多視点であるにしても、それによって現出する世界は、一人称の語りによって現れる世界と実のところそう大きく異なっているわけでもないように思われるのだ。外見的な相違と、にもかかわらず看取される共通性。その曲折したありようを、様々な参照項と照らし合わせながら解きほぐしてみよう。

実のところトンプスンと多視点の組み合わせを、我々はとうの昔に目にしている。スタンリー・キューブリック監督の映画『現金に体を張れ』（56）である（製作年次はトンプスンの最盛期だが、日本公開は翌57年、トンプスンの邦訳は『ゲッタウェイ』が73年、『内なる殺人者』が90年で、我々の受容としてははるかに先駆けている）。競馬場の売上金の強奪計画、実行、そして破滅。この作品の特徴は何と言っても、フラッシュバックを繰り返しながら、各登場人物の行動を断片的に描くというパズル的構造にある。主犯格である男の行動から計画の全体像が徐々に浮かび上がり、同時に彼らの計画を知り、奪った金をそっくり頂こうという別グループの存在が描かれて、計画の行方を不透明にする。九十分を切る尺数といい、一切の無駄のない極めてタイトな編集といい、キューブリック自身が製作に関わる低予算作品であることも含め、いかにもB級ノワールなのだが、ハリウッドの量産体制＝スタジオ・システムの崩壊が始まっていたこの時期、B級的美学自体が過去のものとなりつつあった。キューブリックがもはや希少な物と化したB級ノワールをあえて取り上げ、完璧なまでに再現してみせたのには、天才的アマチュアとしての遊び心もあっただろうし、古典期の最盛期に遅れてきた作家のジャンルへの愛惜と、それにもかかわらず免れがたい距離感もあっただろう（その意味で同時代のサム・ペキンパーの西部劇に対する態度とどこか共通するところもあり、また、七〇年代に大学でジャンル映画を発見したコッポラやスコセッシ、スピルバーグらの世代の先駆でもある）。

それはともかく、トンプスンはキューブリックと共にシナリオを書いている（クレジットは追加台詞にとどまる）わけだが、『現金に体を張れ』最大の特徴であるこうしたパズル的構造自体はあくまで原作者ライオネル・ホワイトのものであり、キューブリックやトンプスンの発案ではない。実際多視点とはいえ、『犯罪者』や『殺意』の多視点のあり方とは、大きく異なるように見える。『現金に体を張れ』の場合、パズル的と述べたように、断片が組み合わさり、次第に全体像が見えてくる知的快感のようなものがある。登場人物はその場その場の断片的瞬間を生きているにしても、少なくとも観客はその全体を俯瞰することができるのだ。

一方『犯罪者』では、少女の強姦殺人を巡って、先入観に満ちた警察と売り上げ至上主義の新聞が近所の少年を犯人に仕立て上げてゆく様を、少年やその両親、警察、新聞記者、その上司、弁護士などの視点で描いてゆくわけだが、各人物の一人称視点が、客観的事実の把握をむしろ阻害する方向に働く。新聞によって捏造された冤罪とそれを晴らす弁護士、というよくあるパターンの物語は、三人称で客観的に描けば、例えばロバート・マリガン『アラバマ物語』(62)のようなウエルメイドな社会派裁判ものになりそうなものなのだが、一人称で書かれているために夾雑物が多く(少年と少女のそれぞれの母親が相手に持つ反感など)、事件がクリアに伝わってこないのである。どこか出来事を裏からみているような印象なのだ(註)。人間関係が比較的簡素だし、パターンに沿っているのでまだしも全体が理解しやすい『犯罪者』はともかく、周囲の人物の弱みを握り、悪意に満ちた噂話を電話で垂れ流す寝たきりの中年女を巡るひなびたリゾート地の人間関係を描く『殺意』になると、いったい誰が誰を殺すのかさえ最後の最後まで判然とせず、というか誰が誰を殺してもおかしくないまでにそれぞれの登場人物の地位が拮抗していて、事の成り行きを俯瞰してみることができるものなど、註―この印象は（二十世紀半ばの大衆小説家と十九世紀～二十世紀初頭の大文豪を比べるというささか場違いな比較にはなるが）、ヘンリー・ジェイムズの『メイジーの知ったこと』の感触にどことなく似ている。『メイジーの知ったこと』では、両親の離婚後、残された幼い女の子が両親の間を行き来することになるのだが、母親父親がそれぞれ新たな相手と再婚、さらにまた別の相手と愛人関係に陥る。こうした乱れた関係が、幼い女の子のあまり事態をよく理解しえない視点から見られ、しかも外聞の悪いことであるから、大人たちは外面を取り繕うわけでもあり、そうした二重三重のバイアスのかかった記述から、読者は真の状況を理解せねばならない。裏から事態を見る印象なのだ。ただし、結局誰もが自分の殻から出ることのないトンプスンの人物たちと違って、メイジーは成長し、次第に理解力を深めてゆき、ついに自ら決断をするのだから救いはあるのだが。ジェイムズは『ねじの回転』など、視点の技法で有名な作家だが、彼やトンプスンを含め、ビアスの『アウル・クリーク橋の出来事』、ハメットの『ガラスの鍵』、ナボコフの『ロリータ』、『青白い炎』、さらに最近翻訳が出たチャールズ・ウィルフォードの傑作ノワール小説『拾った女』、より近年ではカズオ・イシグロの『わたしを離さないで』、『日の名残り』等々、語り手の視点自体に問題があり、語られる内容の認識そのものにまで影響する、いわゆる「信用できない語り手」に属する傑作が英米圏で多く生み出されるのはどういうわけのものなのだろうか（我が国の夢野久作『ドグラ・マグラ』などもあり、英米圏でのみ、というわけでは全くないが）。

読者を含めて誰もいない。多視点とは言っても、『現金に体を張れ』が見る者を超越的存在として確立するために多視点を用いるのに対し、『犯罪者』や『殺意』では、むしろ逆に、読む者を俯瞰的位置に立たせず、町の住民各自の狭い主観の中に封じ込めるためにこそ、多視点を用いるのだ。とするならば、結局こうした多視点小説も、主人公の一人称で語られた傑作群と、目指すところはそれほど変わらないと言えるだろう。

登場人物はみな主観性の檻の中に閉じ込められており、たとえ隣り合っていてもそこに交感（愛）はなく、ためにその間に何かが起こるとすれば、それは暴力か、せいぜい下半身のつるみ合いでしかない。『犯罪者』や『殺意』といった多視点小説は、並立するだけの人物たちの集合であり、とすればこれらはトンプスンなりの「社会」小説なのかもしれないが、それにしてもこれは何という絶望的な「社会」であることか。スティーヴン・キングは「彼の作品は、ちっぽけな町で暮らす者の苦しみと、偽善と、絶望を、恐ろしいほどはっきりと浮き彫りにする」と述べている（「ビッグ・ジム・トンプスンをたたえて」、『深夜のベルボーイ』所収）が、その言葉は、一人称で、とんでもない気違いを描く代表作であるよりは、田舎の平凡な人間の内面を並列的に（交流がない以上、並列的に描くしかないのだ）描く多視点小説、『犯罪者』、『殺意』に最もふさわしいのかもしれない。

かくして、トンプスンが関わったフィルム・ノワール『現金に体を張れ』は、確かに多視点という点で『犯罪者』、『殺意』といった彼の小説作品と共通点を持ちながらも、かえってそれらとの差異を際立たせる逆説的な作品になっている。他にも例えば犯罪の性質の違い（『現金に体を張れ』の考え抜かれた計画的な犯罪に対し、『死ぬほどいい女』の行き当たりばったり、『ポップ１２８０』の成り行きまかせ、いずれにせよ緻密なものではまったくない犯罪）や、舞台の違い（『現金に体を張れ』の都会に対し、トンプスンの小説のほとんどがそうである田舎町）が挙げられる。都会での緻密な犯罪計画と田舎での雑駁な犯罪。こうしてみると、トンプスンとフィルム・ノワールでは性質が相反しており、そもそも相性が悪いようにも見えるのだが、実のところトンプスンとフィルム・ノワールには密接な関係がある。

『ノワール文学講義』で諏訪部浩一氏は、「ジム・トンプスンのような作家が五〇年代に出現したのは、四〇年代のフィルム・ノワールの隆盛なしには考えられない」と述べている。不況期という時代を背景に、貧困といった社会情勢をリアルに描写し、犯罪という形でそこから逃れようとするロマンティックな意志が、しかし結局悲劇的に挫折する様を描く三〇年代ノワール小説に対し、それらを原作として作られた四〇年代のフィルム・ノワールは、社会性を薄め、犯罪を個人の意思に基づくものとする。フィルム・ノワールは、罪を犯す「主体」をノワールの可能性として抽出したのであり、従って「新世代のノワール作家達の小説では、『金』と『女』といった外的要因のために理性を失うのでなく、あらかじめ『理性』なるものが決定的に――『実存的』なまでに――損なわれている人物が主人公とされることが多く」なる。かくして現れるのが『おれの中の殺し屋』というわけだ。社会性から個人へ。三〇年代ノワール小説から四〇年代フィルム・ノワールへの変化を、トンプスンは継いで出現したのである（と、諏訪部氏は述べるのだが、しかし四〇年代フィルム・ノワールにも、戦争直後のドキュメンタリー的ノワールや、その後赤狩りで追放されることになる、共産主義者の映画人たちによる社会批判的ノワールも存在し、四〇年代フィルム・ノワールの内実はより複雑であることを言い添えておかねばならない）。思えば『現金に体を張れ』も、既述のように五〇年代の作品とは言え、その姿勢においては四〇年代のB級ノワールであったし、全体像を知らない各人がそれぞれの役目を果たすことで計画が成立するのだから、その犯罪は極めて個人主義的なものであったという意味で、個を強調する四〇年代フィルム・ノワールの範疇にぴったり納まるとも言え、とすればトンプスンがこの映画に関わっていたことは、例外的な事態というわけではなく、実は必然的なことだったと見ることもできる。

四〇年代フィルム・ノワールを継いで五〇年代にノワール小説家として出現したトンプスンは、五〇年代におけるフィルム・ノワールの変化と並走してもいる。拙著『B級ノワール論』で指摘したことだが、五〇年代にフィルム・ノワールは普遍化する。定説上フィルム・ノワールの終わりを画するオーソン・ウェルズ『黒い罠』(58)に典型的に見られるように、ノワール的なルック(明暗の際立った深度の深い画面、極端なアングル、あえて円滑さを欠く編集)は、フィルム・ノワールのパロディかと見紛うまでにマニエリスム化を極め、舞台も、都会の夜ではなく、白昼の田舎町に代わる。こうした変化はトンプスンのノワール小説にも並行的に現れている。

『おれの中の殺し屋』は、ペーパーバック・オリジナルでパルプ・ノワールを出版していたライオン・ブックスの編集者アーノルド・ハーノが提示したプロット「ニューヨークの刑事が娼婦と関わり合い、その娼婦を殺すに至る」を基にしたものだという(霜月蒼

「AN UNIDENTIFIED SICKNESS」、『ジム・トンプスン最強読本』所収）が、いかにも四〇年代フィルム・ノワール的なプロットが、舞台を田舎に変えたことで（無論それだけのせいではないが）、決定的な変化を被っている。なんの変哲もない田舎に潜む犯罪者。犯罪者は都会だけではない、どこにでもいる。犯罪者の偏在。そうした事態は五〇年代フィルム・ノワールの中にも描かれている。『おれの中の殺し屋』の末尾近く、主人公はハイウェイ脇に「注意！注意！この近辺のヒッチハイカーは逃亡中の異常者の恐れあり！」と記した看板を見るが、その看板の内容をそのまま映画にしたような作品が、アイダ・ルピノ監督のB級ノワール『ヒッチハイカー』（53）であり、『おれの中の殺し屋』の出版の翌年の公開だ（ちなみに当時のルピノの夫で、本作の脚本、製作をしているコリアー・ヤングは、TVドラマの製作にも携わり、『鬼警部アイアンサイド』のパイロット版を製作、監督している。ヤングと直接関係があるのかどうか分からないが、トンプスンはこのシリーズのノヴェライズを手がけている）。この映画の原案は小説家で脚本家のダニエル・マンワリング（別名ジェフリー・ホームズ）。彼は同じ頃、ドン・シーゲル監督『ボディ・スナッチャー／恐怖の街』（56）の脚本を書いているが、これは町の住人がいつの間にか、姿形はそのままに宇宙人に乗っ取られているという恐怖を描くSFで、当時の共産主義フォビアを反映しているとされるが、周囲の人間がいつの間にか別人に成り代わっている、異なるものが偏在するという意味で、これもノワール的なるものの普遍化の一例と言える。すぐ隣にいる人間が犯罪者（ないし異物）であるかもしれないという恐怖。これはその後もアメリカ的想像力の一つの型にまで昇華され、ヒッチコックの『サイコ』（60）、トビー・フーパーの『悪魔のいけにえ』（74）などを生み出すことになる。

トンプスンは四〇年代フィルム・ノワールを継ぐ形で現れ、またその最盛期である五〇年代には、五〇年代フィルム・ノワールと並走した。かくしてトンプスンとフィルム・ノワールの関係は確かに深い。しかしトンプスンなるものと映画とが、真に相性がいいのかとなるとそれも疑問だ（小山正氏は「どこかトンプスンには映像世界とは一線を画さざるをえない文芸的特異体質があったのではなかろうか」とし、トンプスンとその映像世界の関係を調査したその稿の題を「すれ違いの荒野」としている。『ジム・トンプスン最強読本』所収）。

トンプスン小説の映画化作品として最良のものは、サム・ペキンパー監督の『ゲッタウェイ』（71）と、スティーヴン・フリアーズ監督の『グリフターズ／詐欺師たち』（90）であることは異論のないところだと思われるが、この二作品は、原作の最も強烈な細部を除去している。前者においては主人公の夫婦二人が、強盗の後隠れ住むことになるエル・レイの王国であり、後者においては、主人公の愛人の元夫が、子供など殺してやるのがそいつのために最も慈悲深いことだと狂った論理を開陳する細部、また、主人公が看護婦の若い女性がナチの強制収容所に入れられ、妊娠の最低年齢を知るための実験台となっていたことを知り、そんなことをされる奴はされるだけの理由があるのだ、悪いのはその看護婦自身だ、とこれまた狂った論理で彼女を拒絶するに至るという細部である。これらの細部は全体の流れからすれば唐突で、それを除去したのは映画にとっては当然のこと、というか、小説としてもこのようなそこだけ突出した異様な細部は、ウエルメイドを目指すならないに越したことはないノイズだが、しかしむしろ、トンプスンが現在カルト的な人気を博しているのは、まさにこのようなノイズにこそその原因があるのではないかと思われもするのだ。

エル・レイの王国や、子供を殺せという論理には、トンプスンが愛したというジョナサン・スウィフトの、貧困と食料不足解消のための政策を建白するという設定の風刺的文書『アイルランド貧民の児童を有効に用いるための謙虚な提案』の影響かと思われるが、ナチの実験云々はどこからの発想なのか。本書『犯罪者』にもユダヤ人に対する差別的心情を隠し持つ検事が現われるし、弁護士のモノローグ「人間はいまだに闇のなかにとどまっている。人間は倒れた者に鞭打ち、魔女を焼く薪を運び、血の匂いを嗅いだらいそいそと白いシーツをかぶってブーツをはく」(一七四頁)からは、明示的に言及される魔女狩りだけでなく、KKKも連想される。と言って、トンプスンが差別を描こうとしているというわけではなく、またトンプスンが差別主義者だと言いたいわけでもさらにない。トンプスンは人の意識の中にそのような差別が潜在することは確かにあると言っているに過ぎない。ただ、それがなぜこのようにインパクトをもって受け止められるかと言えば、逆説的なことに、これが本筋とはほとんど関係ないところでごく小さく扱われるからなのだ。唐突であり、本筋からすれば余計な、言わずもがなであるからこそ逆に、そういうものが確かにあること、しかも不図した瞬間に露出してしまうほどに根深く巣くっていることが暴き出されてしまうのだ。

大きな流れの中に唐突に出現する小さな歪み。それが全体の印象を左右するほどに大きなインパクトを持ってしまう。これはトンプスン小説の細部だけに言えることではないかもしれない。トンプスンの代表作の主人公が一見ごく普通の人間に見えながら、その語りの中に異様な歪みが最初はごく小さな形で紛れ込み、しかしその歪みが次第に大きくなって全体に亀裂を生じさせ、彼の異常性を暴き立てるに至るという、その構成にもそれはどこか共通するものがある。また、ごく小さな田舎町で起こっている出来事が、その小ささのままに普遍化されてしまう事態にもそれは通じる(『おれの中の殺し屋』ラストの有名な、「おれたちのようなやつら。おれたち人間に」という一節)。トンプスンが描くのは、なんとも卑小な人間の内面に過ぎないのだが、それは歪み、狂っていることにおいて神に近づく。細部と全体、卑小さと壮大さの振れ幅。ここにトンプスンの真骨頂があると言えるだろう。端的に言ってしまえばバランスが悪いのだが、だからこそ我々はそれに惹きつけられ、そこから目が離せなくなるのだし、その歪んだ建築を見続けている間に、我々の認識自体が狂ってくる。いや、もしかしたら正される、と言った方がいいのかもしれない。狂っているのは世界の方であり、トンプスンは世界が狂っていることを、正しく描写しているだけなのかもしれないのだ。トンプスンの作品がどこか宗教性を帯びるのは、その卑小と壮大のダイナミズムのゆえである。ちなみに本作『犯罪者』にも、神が唐突に出現する。その正体はここでは言わないが、彼もまた卑小な存在であることは間違いない。

本解説は、本作『犯罪者』の主たる特性である多視点という特徴を手掛かりとして、主として映画と小説の比較のうちにトンプスンを改めて位置づけ、そこから見えてくる特性を考えてみた。新たに紹介された未訳作品によって、トンプスンなるものがいかなる作家であったのか、改めて考え直す機会を我々は与えられたわけなのだが、トンプスンの未訳小説はまだまだある。その中には黒人を扱った小説(Child of Rage)や、プロレタリア小説(Now and on Earth)、自伝的小説(Bad Boy、Roughneck)など、トンプスンの知られざる一面を明かしてくれそうな作品が存在する。文遊社のさらなる健闘を祈ってこの稿を終わるとしよう。

訳者略歴

黒原敏行

1957年、和歌山生まれ。慶應義塾大学文学部・東京大学法学部卒業。コーマック・マッカーシー『ブラッド・メリディアン』『すべての美しい馬』『越境』、ウィリアム・ゴールディング『蠅の王』(以上、早川書房)、ジョゼフ・コンラッド『闇の奥』、オルダス・ハクスリー『すばらしい新世界』、ウィリアム・フォークナー『八月の光』(以上、光文社)など。

犯罪者

2018年8月1日初版第一刷発行

著者：ジム・トンプスン

訳者：黒原敏行

発行所：株式会社文遊社

東京都文京区本郷 4-9-1-402　〒113-0033

TEL: 03-3815-7740　FAX: 03-3815-8716

郵便振替：00170-6-173020

装幀：黒洲零

印刷：中央精版印刷

乱丁本、落丁本は、お取り替えいたします。

定価は、カバーに表示してあります。

The Criminal by Jim Thompson

Originally published by Lion Books, 1953

　ISBN 978-4-89257-144-2

殺意

ジム・トンプスン
田村 義進 訳

悪意渦巻く海辺の町——鄙びたリゾート地、鬱屈する人々の殺意。各章異なる語り手により構成される鮮烈なノワール。

本邦初訳　解説・中条省平

ISBN 978-4-89257-143-5

ドクター・マーフィー

ジム・トンプスン
高山 真由美 訳

〝酒浸り《ウエット》〟な患者と危険なナース。マーフィーの治療のゆくえは——アルコール専門療養所の長い一日を描いた異色長篇。

本邦初訳　解説・霜月蒼

ISBN 978-4-89257-142-8

天国の南

ジム・トンプスン
小林 宏明 訳

'20年代のテキサスの西端は、タフな世界だった——パイプライン工事に流れ込む放浪者、浮浪者、そして前科者……。

本邦初訳　解説・滝本誠

ISBN 978-4-89257-141-1